लेडीज़

गीताश्री

राजपाल

स्थापित 1912
100 वर्षों की
श्रेष्ठ प्रकाशन परम्परा
राजपाल

₹ 195

ISBN : 9789386534408

LADIES CIRCLE (Stories) by Geetashree

मुद्रक : वैभव प्रोडक्ट्स, दिल्ली

राजपाल एण्ड सन्ज़

1590, मदरसा रोड, कश्मीरी गेट, दिल्ली-110006

फोन : 011-23869812, 23865483, 23867791

e-mail : sales@rajpalpublishing.com

www.rajpalpublishing.com

www.facebook.com/rajpalandsons

क्रम

भूमिका

"रचना किसी भी भूमि पर खड़े होकर जीवन को संपूर्ण देखना है। जीवन को संपूर्ण देखने से जितना भीतरी दुनिया से बँधा रूपवादी लेखक कतराता है उतना कभी प्रतिबद्ध यथार्थवादी लेखक नहीं कतराता..."

—सर्वेश्वर दयाल सक्सेना

आपके हाथ में मेरा चौथा कथा संग्रह है। इसमें कुल आठ कहानियाँ हैं, कथा लेखन में मेरी दो सालों की निरन्तरता का सबूत हैं ये कहानियाँ। जब से कहानियाँ लिखना शुरू किया, पीछे पलट कर नहीं देखा। न रुकी, न थकी, न थमी न डगमगाई। कथा का मुझ पर और मेरा कथा पर भरोसा बढ़ता गया, जमता गया। मेरा हौसला तोड़ने की बहुत कोशिशें हुईं, जगनिन्दा का सामना किया, मंचों पर रुसवाई सही, लेखों में कटु वचन सहे। मगर मुझे मेरे आत्मीय पाठकों और अपनों के भरोसे ने थामे रखा। अन्यथा मात्र आठ साल के सफ़र में चौथे संग्रह तक पहुँचना कहाँ आसान था। सुस्त कदमों से चलते हुए कुछ तेज़ कदमों के साथ ताल मिलानी थी। चुनौतियाँ थीं राहों में।

अक्सर किसी रचनाकार के बारे में कोई आकलन करना या भविष्यवाणी करना फ़िज़ूल साबित होता है। मैं आधी गाँव की हूँ और आधी शहर की। मैं दोनों दुनियाओं में आवाजाही करती रहती हूँ। मेरा नाता अभी तक गाँव से जुड़ा हुआ है, जबकि मैं पिछले पच्चीस सालों से दिल्ली में हूँ। एक तरफ़ महानगरीय जीवन का दबाव, उसकी जटिलताएँ, बदलते सामाजिक मूल्य और

अप्रासंगिक होते सम्बन्धों के बीच छटपटाता हुआ मेरा रचनाकार बार-बार स्मृतियों की पवित्र खोह में लौटता रहता है। मैं वहाँ पनाह ज़रूर लेती हूँ लेकिन दुबकती नहीं। मेरी उँगलियों में रेशमी जाले हमेशा उलझे रहे। वक्त का दाँत भी उसे कुतर न सका। बार-बार यात्राएँ करती हुई सदेह कस्बों में जाती हूँ, कुछ दिन जी कर आती हूँ, वहाँ से खोइंछा भर कर किस्से लाती हूँ।

मेरे कथा गुरु राजेन्द्र यादव चकित होकर पूछा करते थे—"सारी कहानियाँ तेरे ही पास चल कर क्यों आती हैं। कहाँ से लाती है इतने किस्से?" वे शामें जो उनके साथ बीता करती थीं, सिर्फ़ किस्से-कहानियाँ ही तो होती थीं। उनके बिना आज भी मेरी कहानियाँ अधूरी हैं। उनका पहला श्रोता नहीं रहा। यह संग्रह उनकी स्मृति को सौंपती हुई कुछ कहानियों के पीछे की कहानियाँ बताती हूँ। जो कभी उनसे शेयर किया करती थी। अब अपने पाठकों से करूँगी। किस्से झूठ की तरह गुज़र जायेंगे, किस्सों के पीछे के किस्से सच की तरह चिपक जायेंगे। वो बातें जिन्होंने मुझे ऐसी कहानियाँ लिखने पर मजबूर किया।

हर कहानी अपने पीछे लम्बी पृष्ठभूमि लेकर आती है। मेरे लिए आसान नहीं था 'एकान्त' जैसी कहानी लिखना। कहानी पढ़ते हुए पाठक की आँखें भीगती हैं तो सोचिए लिखते हुए लेखक के मन पर क्या बीती होगी। जब कहानी ज़िन्दगी के सामने घटी हो ताज़ा-ताज़ा। निर्भया केस के बाद तो समूचा देश बदल गया। स्त्रियाँ बदल गयीं, समाज दहल गया। अविश्वास के ऐसे मुहाने पर समाज खड़ा हो गया जहाँ से अब विश्वास की वापसी सम्भव नहीं। इसी की छाया में एक और लड़की के साथ कैब के ड्राइवर द्वारा रेप की घटना सामने आती है। निर्भया कांड ने लड़की को इतना जागरूक और साहसी तो बना ही दिया था कि वह चुप न रहे और खुद पुलिस तक पहुँच कर आरोपी को सज़ा दिलवाये। रेप के बाद लड़की का प्रेमी उसे छोड़ जाता है। लड़की पर रेप होने देने का संदेह किया जाता है। रेप विक्टिम की हालत सोचिए। जो मरते-मरते बची हो, जिसने खुद को इसलिए ज़िन्दा रखा कि आरोपी को सज़ा दिला सके, मरना आसान था, जीना नहीं। उसने मुश्किल काम चुना, जीने का और जग में रुसवाई सही। रेप विक्टिम को भी इस समाज में सम्मान के साथ जीने का हक है। रेप के बाद जो समाज उसके साथ सलूक करता है,

वो ज़्यादा खतरनाक है। यह कहानी उसी से मुठभेड़ करती है।

हर कहानी मेरे लिए मुक्ति पर्व है। जिसमें उल्लास नहीं है, उदासी है। मैं कहानी लिखते वक्त यह नहीं सोचती कि यह किसी विमर्श के खाते में फिट बैठेगी। जैसी कहानी मुझ तक आती है, मैं पाठकों तक पहुँचाती हूँ, अच्छी मंशा के साथ। जिन्हें जो ढूँढना हो ढूँढे। मेरे पात्र जानते हैं कि मैंने उन्हें क्यों चुना और मैंने उन्हें किस तरह बरता है।

ग्रामीण और कस्बाई पृष्ठभूमि की कई कहानियाँ मिलेंगी। ऐसा नहीं कि यह सायास है। कहानियाँ आती गयीं, दर्ज होती गयीं।

मेरे बचपन की घनेरी स्मृतियाँ करवट लेती हैं तो 'अन्हरिया रात...' जैसी कहानी पैदा होती है। जाने कितनी रातें जिन्नों के किस्सों के साये में कटी होंगी। कितनी अकेली स्त्रियों की तड़पें, क्रन्दन और यातनाएँ फेफड़ों में भर कर ठोस हो गयी होंगी। वज्र-सा कुछ पड़ा था सीने पर। टूट कर बिखरे तो कहानी बन गयी। इनमें किरचें हैं, चुभती हैं।

'सलमा सितारा जड़ी' दिलफ़रेब साड़ियाँ होशो-हवास में झिलमिलाती रही हैं। कितनी लड़कियों के अरमान कुचलते देखे। रस्मो-रिवाज़ की बंदिनी लड़कियों ने बोलना न सीखा होता तो मुझे कभी अपराध बोध न होता।

'पीली डायरी' में रहस्यमयी इबारतें आज तक अनपढ़ी हुई हैं। यात्रा में कोई न मिला होता तो यह कहानी भी न लिखी गयी होती। भीड़-भाड़ से भाग कर खज्जियार के जंगलों में गयी थी, वहाँ एक रहस्य कथा मेरा इन्तज़ार कर रही थी। शायद उसे मेरे आगे ही खुलना था।

'परी हो बला हो...' जैसी कहानी भी यात्रा की देन है। अलाउद्दीन के चिराग वाले देश सीरिया के हालात बहुत खराब हैं। आतंक के साये में काँपते दो प्रेमी न मिले होते तो कहानी कहाँ सम्भव होती।

'लेडीज़ सर्कल' वह बेबाक परिसर है जहाँ कोई परदेदारी नहीं होती। जहाँ सबकुछ खुला है। किसी भी शहरी खुलेपन को मात देती स्त्रियाँ सेक्सुएलिटी के मामले में कितनी वाचाल होती हैं। उनकी जमात में बैठने का मौका न मिलता तो कहाँ जान पाती कि कस्बाई औरतें अपनी तकलीफ़ों को कैसे हँसी में उड़ा कर खुद ही मज़े ले सकती है। उनकी दुनिया में 'नो' का मतलब 'नो' नहीं होता है।

'ज़ीरो माइल' कहानी तब उपजी जब गाँव की दुनिया में फिर से लौट कर गयी, कुछ दिन जीने के लिए। कथा शिविर–2017 के दौरान राजवंती नहीं मिली होती तो उनके दुखों का आंतरिक कोना कहाँ उजागर होता। रोते–कलपते जिनकी ज़िन्दगी कट जाया करती है, वे भी अपने कन्धे पर भरोसे के स्पर्श को पहचानते हैं। अपनी अस्मिता की तलाश में भटकती हुई स्त्रियाँ अक्सर मुझसे टकरा जाती हैं। मैं उन्हें कुछ दूँ न दूँ, वे मुझे अपनी कहानी ज़रूर दे जाती हैं।

'आवाज़ दे कहाँ हैं...' जैसी कहानी पाठकों की पहचानी हुई है। नकली मुठभेड़ों की अनगिन घटनाएँ याद होंगी। नजीब जैसे छात्र का विश्वविद्यालय कैम्पस से गायब होना आज तक रहस्य है। मैं भी चौंक गयी थी जब पता चला था कि एनकांउटर से पहले क्या होता है। अगर किसी एक चश्मदीद से न मिली होती। अगर उस रहस्यमय फ़्लैट का पता मुझे न मिला होता।

ये न सोचिएगा कि इन कहानियों पर यथार्थ का आतंक है। तेज़ी से यथार्थ बदल रहा है। जो आज है, कल नहीं है। हम ऐसे अनिश्चित दौर में कहानी लिख रहे हैं जब पल–पल दुनिया बदल रही है। अपने समय के बदलते यथार्थ से जूझते हुए कहानी लिखना बहुत आसान नहीं है। ये मनोरंजक कथाएँ नहीं हैं, ये यथार्थ को आभासीय सत्य के सहारे, उसमें तोड़–फोड़ करते हुए हमारे समय के सच को सामने ला रही हैं।

ये तो हुईं इस संग्रह में शामिल कहानियों के पीछे की कहानियाँ। कुछ कहानी अपनी भी। मुझे स्वीकारने में कोई संकोच नहीं कि मैं बहुत सधी हुई कथाकार न हो सकी। न व्यवहार में बनावट ला सकी न कहानियों में। अनगढ़ किले की प्रेत हूँ, जो जीवन और कथा में भटकती रहती हूँ।

ये सब कहना इसलिए ज़रूरी है कि क्या पता, कल हो न हो, जब इन कहानियों पर विचार शुरू हो तो मेरी इस बात पर ध्यान दिया जायेगा। विध्वंसक शक्तियाँ इन कहानियों को ध्वस्त करने से पहले मेरे विचारों से जिरह ज़रूर करेंगी।

वरिष्ठ कथाकार हृषिकेश सुलभ का कथन याद आता है—"साहित्य अपने भूगोल में ही नहीं, अपने काल में भी प्रासंगिक होता है।"

मेरी कहानियों को अपने समय का इन्तज़ार है।

बहरहाल, यहाँ स्पष्ट कर देना ज़रूरी है कि मेरी कहानियों में शिल्प की कमी होगी, कला पक्ष कमज़ोर हो सकता है, लोग आँख से देखेंगे तो ये कमियाँ स्वभाविक दिखेंगी। उदार दृष्टि (विजन, कहानी की मूल आत्मा को विजन ही पकड़ पाती है) होगी तो वह मर्म तक पहुँचा देगी।

मेरे इरादे पर तनिक रंज न रखिएगा। घोर स्त्रीवादी होने के कारण कहानियाँ किसी एक पक्ष की ओर ज़्यादा झुकी हुई मालूम पड़ सकती हैं लेकिन यह भी सच है कि मैंने कहानियों में सहयोगी और उदार पुरुषों को गढ़ा।

मेरा यह भी दावा नहीं कि सच का संधान सिर्फ़ मैंने किया है। मैं उस बदलाव का वाहक ज़रूर बनना चाहती थी जो लिखने से होता है। मैं एक ऐसी लड़ाई का हिस्सा बनना चाहती थी जो लिख कर लड़ी जाती है। मुझे नहीं मालूम कि मेरी कहानियाँ कितनी सफल हुईं या होंगी। मगर यह तो तय है कि कयामत के ज़िक्र में इनके जलवों की बात से कोई इनकार नहीं कर पाएगा।

कवि तादयुश रोजेनिच ने इसी मानसिक दशा पर लिखा होगा—कभी-कभी जीवन उसे छिपाता है/ जो जीवन से ज़्यादा बड़ा है/ कभी-कभी पहाड़ उस सबको छिपाते हैं/ जो पहाड़ों के पार है/ इसीलिए पहाड़ों को खिसकाया जाना चाहिए/ लेकिन पहाड़ों को खिसकाने लायक/ न तो मेरे पास तकनीकी साधन हैं/ न ताकत/ न भरोसा/ इसीलिए मैं मानता हूँ कि आप उन्हें इसी जगह देखते रहेंगे और यही वजह है कि/ मैं लिखता हूँ...(अनुवाद—उदय प्रकाश)

और आखिरी बात...

मेरे लिखने की निरन्तरता के पीछे जो आत्मीय चेहरे हैं, उन्हें कैसे बिसार दूँ। जिन लोगों ने मुझे कभी टूट कर बिखरने नहीं दिया, मुझे कहानीबाज़ बना दिया, वे खुद को यहाँ महसूस कर सकते हैं।

राजपाल एण्ड सन्ज़ की मीरा जौहरी जी ने मेरी रचनात्मकता पर जिस तरह भरोसा जताया, रुचि ली, कहानियों पर खूब बातें कीं, मैं उनके प्रति स्नेहिल कृतज्ञता से भर गयी।

दिल्ली —कहानीबाज़ **'गीताश्री'**

9 नवम्बर 2017

ज़ीरो माइल

ज़ोर से हवा का झोंका आया और उसके सिर से पल्लू खिसक कर कंधे पर। देर से लाउडस्पीकर पर 'हरे रामा हरे कृष्णा' का जाप सुनकर खेत में ही खड़ी रह गयी। पीली सरसों के साथ पीली स्त्री का मेल मुकेश को बहुत भाता था। रोज़ सुबह और शाम टैम्पो से अनाउंस करता हुआ खेतों के बीच बनी पक्की सड़क से गुज़रता और जब भी उदास चेहरे वाली यह स्त्री दिखती तो पर्चे फेंकना भूल जाता। अपना अनाउंसमेंट छोड़कर बुक्का फाड़ कर गाने लगता—

"साँवली सूरतिया तोहार...ओ गोरी मन में बसल बा हमार...
मन में बसल बा हमार...ओ गोरी..."

उस मुरझाई हुई स्त्री ने कभी गौर से इस गायक को नहीं देखा। रोज़ दोनों वक्त खेत के पास आ खड़ी होती। मानो उसे इसी टैम्पो का इन्तज़ार रहता। वह खेत से संकेत करके रोकना चाहती...मरियल सी बाँहें ज़्यादा ऊपर उठ नहीं पातीं। टैम्पो सर्र से निकल जाता। कुछ दिनों से मुकेश नोटिस कर रहा था। लेकिन वह रुकता नहीं था, टैम्पो और तेज़ करके भाग लेता। आस-पास देखता, फिर एकाध गाना गाते हुए भाग निकलता।

नया-नया ही था, बाबू के भटकन गाँव में। सीवान से रोज़ आता, पूरे जीरादेई प्रखंड का चक्कर लगाता और सारे पर्चे वहाँ की घनी बस्तियों और खुली सड़क पर फेंक कर चला जाता। ठीक-ठाक कमाई हो जाती थी। मस्तमौला मुकेश नहीं जानता था कि जो काम वह रोज़ करता है, जितनी पर्चियाँ फेंकता

है, उसमें कितनी भयावह सच्चाई छिपी है। कितनों की ज़िन्दगी को गिरवी रखने का बुलावा है। कितने अरमानों पर पैर रखकर जाने का फ़रमान है। जैसे सिनेमा की पर्ची फेंकता है, वैसे ही गुलाबी रंग की पर्ची। जिसे पढ़ना भी गवारा नहीं समझता। रोज़–रोज़ उधर से गुज़रते हुए मुकेश की आदत हो गयी थी सरसों के खेतों की तरफ़ झाँकने की। एकाध गाने उछालने को बेताब रहता। अनाउंस करते–करते ऊब जाता तो यूँ ही बेसुरा गाना गाने लगता...

"बगल वाली जान मारेली..."

जब से यह स्त्री खेतों के आस–पास भटकती या खड़ी दीखने लगी है, मुकेश को सारे भूले–बिसरे भोजपुरी गाने याद आने लगे हैं।

वह कोहरे की सुबह थी। मुकेश सीवान से चला तो वहाँ कोहरा कम था। जीरादेई पहुँचते–पहुँचते कोहरा और घना होता जा रहा था। मार्च के महीने में इतना कोहरा देख कर उसे कोफ़्त हुई। पता नहीं खेतवाली औरत दिखेगी भी या नहीं...न दीखे...वह क्यों उसके लिए बेचैन है? आते–जाते कौन–सी कम नज़रमारी करता है। लेकिन वह अनजान औरत उसे याद आने लगी है। वह उससे शायद कुछ कहना चाहती है। वह रुकता क्यों नहीं...किस बात का डर है। बाबू लोगों का गाँव है, कोई लफड़ा हो गया तो एंट्री बन्द। बहुत सोच–विचार कर उस औरत की तरफ़ से ध्यान हटाया और नरेंद्रपुर की तरफ़ बढ़ चला। चौराहे पर कोई दूकान खुली नहीं थी। उसे चाय की तलब लगी थी। खेतों से ध्यान हटा कर वह चाय का ठीहा खोजने लगा।

पहले चाय पी ली जाये, फिर आवाज़ खुलेगी...

"भाइयो एवं बहनो..."

उसने आस–पास निगाह दौड़ाई। टैम्पो धीरे–धीरे चलाता रहा। लाउडस्पीकर बन्द कर दिया था।

चौराहे से पाँच मीटर की दूरी पर हनुमान मंदिर दिखाई दे रहा था। उसे लगा कि वहाँ भक्तगण होंगे तो चाय ज़रूर मिलेगी। टैम्पो रोककर नीचे उतरा। बायीं तरफ़ नज़र गयी। वहाँ एक मील का पत्थर नज़र आ रहा था जिस पर लिखा था—बाबू के भटकन ज़ीरो माइल।

टहलता हुआ वहाँ तक पहुँचा था कि खुशी के मारे उछल पड़ा। चाय

का ठीहा जो मिल गया था। चादर ओढ़े, मफलर से मुँह और सिर दोनों कस के लपेटे हुए एक बुज़ुर्ग कोयला सुलगा रहे थे। चाय की सारी तैयारी हो चुकी थी। रैक पर शीशे के मर्तबान में कुछ बिस्किट और बर्फ़ी जैसी कोई मिठाई रखी थी।

वहाँ दो बदहाल बेंचें पड़ी थीं। वह उन पर बैठ गया।

''का हो, चाय मिली...कड़क बनइहऽ...सोन्ह दूध डाल दीहऽ...लाइन होटलवाला सवाद चाही हो बाबू साहब...।''

''रउआ एतना भोरे-भोरे कहवाँ जात बानी बाबू साहब...?

''रोज़ इधर से गुज़रता हूँ, नहीं देखते हो का...रोज़ चिल्लाता हूँ... भाइयो एवं बहनो...।''

''तुम्हरे घर में कोई है तो बिदेस भिजवा दे उसको...? बोलो तो...कुछ खर्चा-पानी लगेगा, फिर तो पेट्रो डॉलर बरसेगा मरदे...।''

चायवाले ने कुल्हड़ में चाय उड़ेलते हुए मुँह बिचकाया। चाय की गरम भाप से उसका चेहरा धुआँ रहा था। केतली धप्प से चूल्हे पर रखी और चाय मुकेश की तरफ़ बढ़ा दी।

''बाबू साब, पेट्रो डॉलर लेके का करब, घर त पक्का के बन जाई, थरिया में एक नहीं, दो तरकारी आ जाई, लेकिन घर के समांग के त हम गवाँ देम... नहीं बुझे...जे जाई से लउट के आई का...आवे के ही ना चाहे...उहँवें मन लाग जाला...ईहाँ मेहरारू सभ के जिनगी नरक कर देला समाज के लोगन सभ...ना, हमनी के नून भात के खा के रह लेब, दुर्गति ना झेलल जाई ई बुढ़ापा में...।''

मुकेश को उसके प्रलाप से कोई मतलब नहीं था। उसे तो गाँव से लड़के ढूँढ़ कर एजेंसी तक पहुँचाने हैं ताकि कुछ कमाई हो सके। सिर्फ़ पर्चा पढ़ के कम ही लोग फँस रहे हैं। दरवाज़े-दरवाज़े अभियान चलाने पर उसकी एजेंसी ज़ोर दे रही है। अब तक वह बचा रहा है, पर्चे फेंक कर लौट जाता है। लेकिन एजेंसी ने लालच दे दिया है कि गाँव के कम पढ़े-लिखे, ज़रूरतमंद, आवारा लड़कों को पटा कर लाना है, कमीशन मन माफ़िक। जीरादेई प्रखंड उसके ज़िम्मे आ गया है। सुबह-शाम पर्चे फेंकने के बाद चौक-चौराहे पर समय बिताएगा, वहीं से आस-पास के गाँव का हालचाल मिलेगा। उसे अपने

भीतर एक सजग शिकारी जगता हुआ महसूस हो रहा था। जल्दी-जल्दी चाय सुड़क कर उठा और टैम्पो लेकर गाँव की पगडंडियों, खेतों की तरफ़ बढ़ चला। टैम्पो की घुर्रर्र-घुर्रर्र खेतों के मौन में खलल डालती है। उस पर से लाउडस्पीकर पर उसकी खुली साफ़ आवाज़...उसे लगता है कि खेतों में सरसों उसकी आवाज़ पर झूम रही है। उनके बीच खड़ी वह स्त्री...

"भाइयो-बहनो...।

दुबई की मशहूर कंपनी...बुला रही है आपको...वीज़ा रेड्डी...पासपोर्ट भी हमारी ज़िम्मेदारी...इलेक्ट्रीशियन, प्लम्बर, पाइप फ़िटर, एसी टेक्नीशियन...और भी कई तरह की नौकरियाँ वहाँ बुला रही हैं...चलो-चलो...देर न करो...इंटरव्यू देने आ जाओ...आठ घंटा ड्यूटी...मासिक वेतन बारह सौ दिरहम...।

पहुँचो-पहुँचो...विदेस में नौकरी का सुनहरा अवसर न गँवाएँ, अपनी और अपनों की किस्मत सँवारने का एक सुनहरा मौका...बीस दिन में बिदेस रवाना...।

पता नोट करें, भाइयो...

अयान इंटरनेशनल, तरवारा रोड से 200 कदम आगे, वातायन स्कूल के ठीक सामने...

पता नोट करें...किस्मत खुलने वाली है...ज़िन्दगी सँवरने वाली है...सँवार लो...सँवार लो...।"

बोलते-बोलते वह गाने लगा..."सँवार लो...सँवार लो...साँवली सुरतिया तोहार हो गोरी...।"

हवा में मुट्ठी भर गुलाबी पर्चे दोनों तरफ़ उछाल दिये। एक जोड़ी आँख पर्चे को घूरती हुई खेतों से सड़क की तरफ़ बढ़ी चली आ रही थी। मुकेश ने टैम्पो का एक्सीलेटर तेज़ दबाया और बाबू की भटकन इलाका क्रॉस कर गया। उसने कल सुबह रास्ता बदलने का इरादा कर लिया था।

वह स्त्री नहीं, आकुल प्रतीक्षा थी। आकंठ विरह में डूबी हुई। उसे न सरसों का स्वाद पता न ठीहे की चाय का। गाँव की सड़कों पर दोनों तरफ़ बेतरतीब

उगी झाड़ियों में लगे जाले-सी उसकी ज़िन्दगी थी। वह उनमें डालियों-सी कसमसाती थी। उसके विरह में शादी के तुरन्त बाद विदेश गया हुआ पति था। बड़े फूल छाप वाली साड़ी नई-नई थी, समृद्धि घर में पाँव फैला रही थी, आँखें सूखे खेत में तब्दील हो रही थीं। रोज़ का रुटीन था, सौ साल पुराने शिव मंदिर के पास प्राचीन पोखर के ठहरे जल में अपनी परछाईं देखती और उस पर जमी छाइयों पर बबूल की छड़ी से फूल बनाया करती। मन-ही-मन कई बार छलाँग लगाने के बारे में सोचा, पर डर गयी। इन दिनों रोज़ किस्से सुन रही थी कि फलाना गाँव में कोई औरत पोखरी में डूब कर मरने गयी, पानी कम था, चोट खाकर अस्पताल में पड़ गयी। घरवालों से डंडा खाया अलग से। पहरे में चली गयी। कुछ दिन पहले ही पुत्तन की बहू ने चूहेमार दवा खाई, बच गयी लेकिन ससुराल छूट गया हमेशा के लिए। रोज़ इस तरह के किस्से माई बाँचा करती हैं दरवाज़े पर बैठ कर। बहुओं को कोसती रहती हैं जो चैन से अपने पतियों को विदेश में नौकरी भी नहीं करने देती हैं। भलाई इसी में कि चुप बैठी रहे, दिनन का फेर देख के। माई बड़बड़ाती—

"पइसो चाही, सौक-सिंगार भी चाही, पक्का छत चाही, त मरद बाहरे कमाने जायेगा न। ईहाँ खेत में काम करके केतना कमा लेगा। बुझती नहीं आज कल की मउगी सब कि लोटा और मरद बाहरे मँजाता है तो चमकता है...।"

सुनते-सुनते कसमसाने वाली डाली स्त्री में बदल कर फुफकार उठती—

"पइसे सब कुछ नहीं होता है न माई...आप का जानो...।"

"चुप्प...ज़बान लड़ाती है, चोट्टी कहीं की...जौबन ज़ोर मार रहा है तो भाग जा कहीं...केकरो संगे...भट्ठ जा...तुम्हारी जइसी मउगी ही छिछियाती है, मरद खातिर...मेरे बेटा को चैन से नौकरी करने दे...एक साल ही हुआ है गये, बेचैनी धर लिया तुमको...।"

माई ने बूढ़ी आँखें नचा-नचा कर, मुँह बिचका-बिचका कर खूब गालियाँ सुनायीं। इतनी गालियाँ तो उसने अपनी महतारी से भी नहीं सुनीं जब वो रमेसरा संग ककड़ी के खेत में रेंगती हुई पकड़ी गयी थी। तब से पूरा टोला उसको चिढ़ाता था—

"राजवतिया के मन बसे ककरी के खेत में..."

माई ने खूब मोटी-मोटी गालियाँ दी थीं...जिसमें जौनपिट्टी गाली भी थी...उसकी नज़र में सबसे गंदी गाली थी यह। क्योंकि इसका अर्थ उसे टुनटुन भइया की मेहरारू ने बताया था...जौनपिट्टी माने जवानी पिट जाये। अभी तो जवानी राजवती पर आयी नहीं थी कि उसके पिटने की बद्दुआ अपनी माई दे रही है। कैसी माँ है...जवानी पिट गयी तो वह क्या लेके ससुराल जायेगी। कौन-सा मुँह दिखाएगी अपने पति को, जिसके बारे में सुना है कि विदेस में कमाने जाने वाला है। शादी के बाद चला जायेगा। इसीलिए झटपट शादी की बात पक्की हो रही है। टुनटुन भइया की मेहरारू ही तो रिश्ता लेकर आयी थी। माई का मन नहीं था ब्याहने का।

वह शादी दो-चार साल टालने के मूड में दिखती थीं।

"अभी का उम्र हुआ है, लड़की पढ़ी भी नहीं हमारी, ऊ लड़का बेसी पढ़ा-लिखा होगा तो पटबे नहीं करेगा...हम त एतना कोसिस किये, ई लड़की एक नम्बर की फिरंट निकली...स्कूल से भाग के खेत में ही कूदना-फाँदना करती रही, तो क्या पढ़ेगी...इससे तो अच्छा है न कि कुछ दिन घर का कामकाज सीख ले, सँभाल दे घर त हम बाहर से कुछ कमाई कर लें..."

राजवती ने माँ की बातें सुनकर पहले खुद को निहारा...ठीकठाक जवान लगने लगी थी।

"माई को क्यों मेरी जवानी नहीं दिख रही। अब क्या अपनी उम्र में करेगी मेरी शादी...सोचते-सोचते हँस पड़ी...माई की बातों पर गौर जारी रखा। उसने गौर से सोचा...खूब सोचा...पहली बार दिमाग लगा रही थी। माई के इस प्रेम के पीछे क्या है?

उसने पहले माई के बारे में सोचा—रोज़ सुबह काम पर निकल जाती है। टेलरिंग की फ़ैक्ट्री में काम करती है, सुबह से शाम तक। बाबू खेत में फिर शाम को चौक-चौराहा और घर लौट कर किसी काम का नहीं। आधी कमाई अपने अद्धा-पौव्वा में उड़ा देता था। माई पैसे का हिसाब माँगती तो जो हाथ में आता, माई के ऊपर फेंक कर मारता। तीनों छोटे भाई भें...भें... करने लगते, उनके कंठ से डरावनी चीखें निकलतीं। लगता नहीं कि तीनों बच्चों के कंठ से भयावह आवाज़ें निकल रही हैं, तीनों किसी कहानी के प्रेत-सी आवाज़ें

निकालते। अक्सर कल्पनाओं में ऐसी भुतहा आवाज़ें उसने सुनी हैं। वास्तविक जीवन में उसके तीनों भाई ऐसी आवाज़ें निकालते हैं। जिनकी देख-रेख में उसका पूरा दिन निकल जाता है। उनको खिलाना-पिलाना, नहलाना-धुलाना, तैयार करके स्कूल भेजना, तीसरा तो पाँच साल का ही है। दिन भर दुआरे पर माटी में लोटता रहता है। टूटी खपरैल उसका प्रिय भोजन है, चॉकलेट की तरह कटर-कटर करके कुतर जाता है। पेट फूल के कुप्पा हुआ जा रहा है। दोनों भाई तो होशियार हैं, बस माई की पिटाई पर रोते हैं प्रेत की तरह। बाकी समय किसी से कोई मतलब नहीं...एक पुराना टायर लेकर गोल-गोल नचाता सड़क पर भाग लेता है तो दूसरा गाछी (पेड़) में डोला पात खेलता रहता है।

और राजवती...

उसने अपने बारे में सोचा—माँ की जगह घर का सारा काम और सबका इन्तज़ार। कभी रमेसरा इशारा क़र दे तो बवाल। टोले की सारी लड़कियाँ या तो ब्याही जा रही थीं या कहीं भेज दी गयी थीं।

टुनटुन भाभी बता रही थीं, "घरों में काम की बहुत पुछारी है, अच्छा पैसा मिलता है, अब पढ़ेंगी नहीं तो ईहे होगा...तू बच गयी राजो...।"

सोचते-सोचते उसके दिमाग की बत्ती जली...भुक्क से। पूरा माजरा समझ में आ गया कि माई क्या चाहती है। राजवती चली गयी तो घर कौन अगोरेगा। तीन भाइयों की देख-रेख कौन करेगा। माई काम छोड़ देगी तो घर चलना मुश्किल। माई ने अपनी गृहस्थी उतार कर उसके कन्धे पर कब रख दी, वह समझ ही नहीं पायी। वह तो पढ़ाई छोड़ने के बाद सब करती चली गयी जो-जो माई ने कहा।

"ओ माई..." उसके मुँह से आह निकली। अपने बदन को जी भर देखा। मन-ही-मन तय किया कि भाभी को पटा कर अपनी शादी के लिए माई पर दबाव बनवायेगी। विदेस वाला दूल्हा बार-बार थोड़े न मिलता है। नसीब से मिला है यह रिश्ता। अपनी गृहस्थी माई सँभाले, हम तो चले अपनी गृहस्थी की ओर...अब रमेसरा से भी मुँह फेर लेगी। एतना मार खाए उसके लिए, अभगला कभी बोला नहीं कि चल राजवतिया, शहर भाग चलते हैं। खाली इशारा करने और खीरा ककड़ी खिलाने से दिन कटता है रे...दुर्रर जो...। उसने अँगड़ाई ली। वह तो गाने में डूब जाना चाह रही थी—

"पनिया के जहाज़ पर पलटनिया बनी अइहऽ पिया,
पलटनिया... ले ले अइहऽ हो...
ले ले अइहऽ हो...
ले ले अइहऽ हो...
पिया...चोलिया मुल्तान के..."

इस गाने के साथ जाने कितने अवसाद झर गये। हवा में करुणा घुलने लगी थी। पृथ्वी का रंग बदलने लगा था।

यह नए सपने की बुआई का समय था।

कई बार बड़बड़ाहट तनावरहित करती है। सारे गम, विषाद उसके साथ बाहर निकल आते हैं। बड़बड़ाहट जब उठौना हो और एक तरह की कथा हो तो वह सुननेवाले को आदी बना देती है और इसीलिए बेअसर भी हो जाती है।

मुकेश जब भी घर से निकलता, बाबा बड़बड़ाने लगते—

"चल दिये लाट साब, टंडईली करने...छिछियाएँगे नगरी-नगरी दुआरे-दुआरे...दिन भर भोंपू लेकर भटकता फिरता है। ज़िला-ज्वार का लड़का सब विदेस निकल गया। ई छउरा ईहें ढेंगरा रहा है...कौन समझाए टुअर बच्चा को...सादी कर लेता तो घर में खाना बनाने वाली आ जाती। हमको भी दो टैम का घर का खाना नसीब होता...।"

बड़बड़ाहट हवा में घुल जाती। मुकेश तक कम ही पहुँचती। उसने बाबा का नाम रेडियो रख दिया था।

"लो शुरू हो गया आपका रेडियो..."

अकेले बाबा ने पाला था मुकेश को। खेत में लोटते-लोटते बड़ा हो गया और आधी-अधूरी पढ़ाई छोड़ कर कमाने का उपाय ढूँढ़ने लगा। किसी एक काम में मन नहीं रमता था। कुछ-कुछ दिन काम करता और छोड़ देता। बेचैन आत्मा कहते उसके दोस्त उसे। विदेश जाने के बारे में सोचता भी नहीं था। अनजाना भय घेर लेता। उसे इसी बात का संतोष था कि खुद भले न गया हो, कितने बेरोज़गार नौजवानों को खोज-खोज के एजेंसी तक पहुँचा

तो रहा है। इस काम में मन थोड़ा-थोड़ा रमने लगा है। खाली सड़क पर भोंपू लेकर मनचाहा गाना जो गाने लगता है। दो-चार साथी संगतिया को टैम्पो में बिठा कर धूमगज्जर भी मचा लेता है। पिछले कुछ दिनों से उसे वह सड़क भा गयी थी और वह खेत भी जिसमें सरसों के फूलों के बीच एक साँवला चाँद अटक गया था। उसने नरेंद्रपुर चौक से छोकरों को बिठाना बन्द कर दिया था। नरेंद्रपुर ज़ीरो माइल स्टोन के बाद से वह खुद को टैम्पो में अकेला रखना चाहता था। अकेले ही भोरे-भोरे फिर निकला उधर से। खेत की तरफ़ देखा। सरसों के पीले फूलों पर रहस्य का साया था। एक चेहरा जो रोज़ वहाँ चाँद की तरह टँग जाता था, वह गायब था। वह सकुचाई हुई बेताब आँखें गायब थीं। उसे लगा कि सरसों की फ़सल ऊँघ रही है। पगडंडियों पर कुछ नुचे हुए फूल बिखरे पड़े थे। टैम्पो में धीरे-धीरे गाना बज रहा था—''पिरितिया काहे न लगवलऽ...बेकहल जिया रहलो न जाये...'' उसने गाना बन्द किया। सड़क के दोनों तरफ़ देखा। झाड़ियाँ वीरान लगने लगी थीं। हवा सर्द हो चली थी। मफ़लर को ज़ोर से माथे पर लपेटा, चेहरा ढँक लिया और उतरा हुआ मुँह लेकर सामने सीधी सड़क की तरफ़ देखा। इसी रास्ते उसे कई कोस तय करने थे। इसी रास्ते वापस लौटना भी था। टैम्पो चला, मगर उसमें गति नहीं थी। मानो पहिए में किसी ने भारी-भारी पत्थर बाँध दिये हों। बगल से बोतलों से भरा छोटा ट्रक सर्र से निकल कर गया। भोर के उजाले में छोटे ट्रक पर लिखी इबारत वह पढ़ सका—

''क्या पानी पे लिखी थी तकदीर मेरे मालिक
हर ख्वाब बह जाता है...''

पूरा पढ़ नहीं पाया, अधूरी चाहत की तरह ये पंक्तियाँ भी अधूरी रह गयीं। टैम्पो की गति बढ़ाई नहीं गयी। शे'र की दूसरी लाइन पढ़ने की चाहत ठंडी पड़ गयी थी।

मन हुआ लौट चले। लेकिन कमाई का सवाल घेरे था उसको। शाम को बाबा को कुछ रुपया न थमाया तो गाली-गलौज करेंगे। ऐसे ही इतना नाराज़ रहते हैं और उसको नालायक समझते हैं। मफ़लर माथे से निकाल फेंका और फ़रार्टे से बाबू की भटकन की तरफ़ टैम्पो दौड़ा दिया। ठंडी हवा से मिज़ाज

ठंडा गया और कुछ पल के लिए टीस पर काबू भी पा लिया। बस अफ़सोस में मरा जा रहा था कि देर काहे की। काहे न अब तक खेत में कूद कर बात कर ली। उस दिन सड़क पर भी तो दिखी थी। लपक लेता। तब तो भाग लिया। मन-ही-मन खुद को कोसता हुआ गुलाबी पर्चियाँ हवा में उड़ाता रहा और खुद पर लाल-पीला होता रहा।

एक बार दिख जाये...अब मौका न छोड़ेंगे...इसी संकल्प के साथ दिन गुज़रा...एक दिन, दो दिन...और कई दिन गुज़र गये। सरसों पर उदासी का साया लगातार बना रहा। चाँद कभी वहाँ न टँगा। नरेंद्रपुर उसे वीरान लगने लगा। उसने सोचा, 'इलाका ही बदल लेगा।' मिलने की उम्मीद छोड़ दी।

उम्मीद तब साथ ज़रूर देती है जब हम उसका दामन छोड़ देते हैं। उम्मीद को मुक्त करना, उसे पा लेना है।

कहीं उम्मीद जग रही थी तो कहीं उम्मीद दम तोड़ रही थी। उम्मीदों का गणित अबूझ है। उसके दोनों सिरे पर खड़ा इन्सान कटता जाता है।

सुबह सबेरे उठ कर राजवती ने कलह मचा दी। घर का कोई काम नहीं किया। न झाड़ू लगाया, न मसाला पीसा, न तरकारी काटी, न अदहन चढ़ाया। चूल्हा वैसे ही शान्त पड़ा रहा, उसे किसी आग का इन्तज़ार था। आग का इन्तज़ार दोनों तरफ़। इस इन्तज़ार में एक आग बरसने लगी—

''आज उनका फ़ोन आयेगा तो हम भी बतियाएँगे। आप लोग चुप्पे-चुप्पे बात करके फ़ोन काट देते हैं। हम भी दो पैसा जोड़ के मोबाइल खरीदेंगे, क्या बूझते हैं आप लोग...हमारे आदमी से ही हमरी बात नहीं करने देते... जा रे ज़माना...''

राजवती की आँखें धुआँ-धुआँ होने लगी थीं।

''ब्याह कर घर बिठा दिया, खुद चले गये, ऊहाँ जाके एकदमे निफिकिर हो गये, अइसे जीवन कटेगा का हमारा, कुछ पता ही नहीं चल रहा...''

माई कुढ़ती हुई बाहर जाकर बैठ गयी।

''मत बना खाना, भूखी मर...ई का ज़िद हुआ, जब फ़ोन आयेगा तो बात

करवा देंगे...एतना हल्ला मचाने से का होगा। ओकरे तक बात पहुँच जायेगी का...जब ब्याह हो रहा था तब नहीं बुझाया था कि लड़का विदेस जाने वाला है...तब तो लहालोट हो रहे थे तुम्हारे माई बाप...बिदेसी दामाद मिलने की खुसी में...बात करती है...का चीज़ की कमी कर दिये हैं...अब मरद कहाँ से ला दें...उ तो समय पूरा होने पर ही न आएगा..."

"केतना समय...? एक साल हो गया, केतना धीरज धरें...न हमको नइहर जाने देती हैं न उनको बुलाती हैं..."

राजवती सुबकती हुई सामने जा खड़ी हुई। माई से बहस का अच्छा मौका था। ससुर जी सुबह-सुबह चौक पर चले जाते हैं। वो रहते तो हाथ भी उठा देते। माई कम-से-कम हाथ-आँख नचा कर रह जाती है।

"नइहर जाना है...?" माई ने आँखें तरेरीं। कमर पर हाथ रख कर वह करीब आ गयी थी। आँचल खिसक कर कन्धे पर। राजवती सिहर गयी।

"साल भर से कोई हकार आया ऊहाँ से का...कइसे भेज दें...कौनो पूछ रहा है तुमको...तुम्हारी माई ने क्या कहा था, ईयाद पारो तनि...पूछो उनसे... हमको कहलवाया था कि वहाँ रहेगी, तभी ससुराल में बसेगी, नहीं तो ईहाँ के ध्यान में कहीं बस न पायेगी...बूझी...अपना चरित्तर ठीके नहीं..."

राजवती सन्नाटे में डूब गयी। जिस नइहर पर गुमान था, उसका सच सामने खुल गया था। वह रोना भूल गयी। अचानक ज़मीन की एक परत खिसकती हुई मालूम हुई। तभी माँ ने कभी खोज-खबर नहीं ली। त्योहार में कलेवा भिजवा दिया, साथ में चिट्ठी। नइहर की पुकार गायब थी। माथा पकड़ कर वहीं चौखट पर बैठ गयी।

"इन्हीं का मरद गया है बाहर...हमार बेटा नहीं है का ओ...आने दो विपिनवा के बाबू को...इलाज करवाती हूँ..."

माई बड़बड़ा रही थी।

राजवती ने दूसरी आग जलाई तो अदहन चढ़ा दिया। चूल्हे की आग से चेहरा दमक रहा था। चूल्हे में भूसा झोंकते-झोंकते वह बहुत कुछ उस आग में झोंकती चली जा रही थी। कुछ लपट अपने भीतर भरती जा रही थी। वहाँ से उठी तो वह आग शपथ बन कर उसके ज़ेहन से लिपट गयी।

वह अगली भोर थी जब वह सड़क के किनारे, सरसों के खेत में जाकर खड़ी हो गयी थी। वह कई दिनों से यह आवाज़ सुन रही थी—

"भाइयो एवं बहनो..."

वह आवाज़ देकर उस आवाज़ को रोकना चाहती थी, पास बुलाना चाहती थी...वह आवाज़ बदल कर गाने में तब्दील होती और दूर भाग जाती थी। पता नहीं, वह आवाज़ रुकती क्यों नहीं थी। दो दिन, तीन दिन...लगातार चौथे दिन वह आवाज़ तेज़ी से दूर भाग रही थी। राजवती ने ठान लिया कि उस आवाज़ से ही उसका भला हो सकता है। जिसने उसे वीरान किया है वही उसे आबाद करेगी। उसका पीछा नहीं छोड़ेगी। खेत की बजाय ज़ीरो माइल पर जाकर सीधे खड़ी हो जायेगी। तब देखते हैं कैसे आवाज़ नहीं रुकती। उसे मफ़लर में छिपा सँवलाया चेहरा याद आ रहा था। इसी आवाज़ से उसे सब कुछ पता कर लेना था। उसे सब मालूम होगा। यही पूरे इलाके के विरह का कारण है।

वह सुबह-सुबह दबे पाँव घर से निकली, टैम्पो के खेत के पास से गुज़रने का यही वक्त था। पहली बार बियाह में मिली कलाई घड़ी काम आयी। बाएँ हाथ में बाँध कर निकली। खेत के पास से गुज़रने के समय से कुछ पहले वह बाबू के भटकन ज़ीरो माइल स्टोन के पास जाकर खड़ी हो गयी। उस राह से कोई न गुज़रा। रोज़-रोज़ सुबह-सुबह जाती, धूप सिर पर चढ़ने तक रुकती और लौट आती। माई सब देख रही थी। तीसरे चौथे दिन ही धर दबोचा—

"चल पड़ी रानी जी...पता नहीं कहाँ बौआती रहती है...किस फ़िराक में हो बबुनी..."

"हमको उनका मोबाइल नम्बर काहे नहीं देते हैं आप लोग...हमको मोबाइल खरीद कर दीजिए...एतना पैसा हर महीने भेजते हैं, हमसे बात हुई थी तब बोले थे कि माई को कहके मोबाइल खरीदवा लेना...उ आपको बोले नहीं का..."

"ऐसा बोला... ? हमको तो कभु नहीं बोला...आने दो फ़ोन...तुम्हारे सामने ही पूछेंगे, पूरवा साठी हो जाये...विदेस जाके झूठ बोलने लगा है का विपिनवा...विपिन के बाबू होते तो हम अभिए फ़ोन मिलवा लेते..."

"अभी उहाँ भोर थोड़े न हुआ होगा...लेट से भोर होता है न..."

राजवती अपना दुख भुला कर माई से चुटकी ले ली। उस सुबह राजवती आवाज़ का पीछा न कर सकी। कहाँ खोजे, कैसे खोजे...वो आवाज़ न सही, कोई और तो मिले, जो उसकी तकलीफ़ कम कर दे...ई बुड्ढा-बुड्ढी तो उसे इस जन्म में अपने ही आदमी से प्रेम न करने देंगे और घर में सड़ा कर मार देंगे। कौड़ी-कौड़ी के लिए मोहताज कर दिया है...नहीं...नहीं...वो ऐसे बिसुर कर ज़िन्दगी नहीं काटेगी...कुछ-न-कुछ करना पड़ेगा...।

उदास अनमनी राजवती पोखरी की तरफ़ चल पड़ी। प्राचीन शिव मंदिर की छाया में, जहाँ चौबीस घंटे जाप चलता रहता है या मर्दों की चौकड़ी जमी रहती है। पोखरी के एक कोने में सीढ़ियों पर चुपचाप बैठ कर उपाय सोचेगी। वह बेसुध चलती जा रही थी। मंदिर के बाहर चबूतरे पर कुछ लोग बैठकर बोल बतिया रहे थे...पहले तो राजवती को कुछ समझ में नहीं आया, उसने चाल धीरे कर दी। पल्लू से सिर ढँक कर चेहरा दूसरी तरफ़ घुमा लिया।

''झंझट मद्दे झंझट तीन
पहिला झंझट कलही नारी
दोसर झंझट देवे गारी
तेसर झंझट लूर से हीन...झंझट मद्दे झंझट तीन...''

राजवती ठिठक गयी। तेज़ ठहाका उठा। वह आवाज़ मिल रही थी... ''साँवली सुरतिया तोहार...हो गोरी...''

झपटती हुई चबूतरे के पास पहुँची—

''झंझट मद्दे झंझट तीन
पहिला झंझट पूत कपूत
दोसर झंझट खाए बहुत
तेसर झंझट करम से हीन...''

उन लोगों में से एक उठा...दोनों आमने-सामने।

एक औरत के साहस पर सारे मर्द हैरान। कौन है ये औरत जो लाज-लिहाज भूल के फिकरा पढ़ने लगी। चौकड़ी का सबसे मुँहफट शिवकुमार औरतों को चीन्हने की कोशिश करने लगा। बाकी दो लोग भी हैरान कि अजगुत औरत है जिसने कविता को आधे से लपक कर मुकेश को चित कर

दिया। बोलने लायक बचा ही नहीं। कहाँ से एकदम फिट हो जाने वाली पंक्तियाँ उठा लायी थी। वहाँ मौजूद तीनों लोग उसे घूरने लगे। एक अधेड़ सज्जन के मुँह से निकला—

"अरे, ई त हरनेसर की पतोहू है, पति विदेस में रहता है...बहुत बुरा व्यवहार करता है ससुरवा इसका..."

मुकेश मुग्ध था, अवाक् था। जिन्हें हम ढूँढ़ते थे गली-गली...वे इस तरह सामने आकर खड़े हो गये...के कृतज्ञ भाव में उसने पहले मंदिर की तरफ़ देखा फिर राजवती की तरफ। दोनों को किसी चीज़ की तलाश थी।

एक ने आवाज़ को खोज लिया, दूसरे ने उन विरहाकुल आँखों को। दोनों की खोज यहाँ खत्म हो गयी।

"ऐ जी...चिट्ठी काहे नहीं लिखते हैं...मोबाइल खरीद लेंगे, पइसा तो भेजिए..."

"पगला गयी हो का...आजकल कोई चिट्ठी लिखता है...मोबाइल खरीदवा लो बाबूजी से...ई तुम कहाँ से, केकरा फ़ोन से बतिया रही हो... ?"

इधर से आवाज़ खनक रही थी। उधर से आवाज़ सशंकित थी।

"ई सब छोड़िए...किसका फ़ोन...आप कब वापस आ रहे...साल भर बीत गया...आप बोले थे कि...झूठ काहे बोले..."

वह सुबकने लगी थी। मुकेश उसके पास खड़ा उसे निहारे जा रहा था। ज्यों-ज्यों निहारता, भीतर से निर्मल होता जाता...तलछट से काई कट रही थी...उसकी आत्मा में उजाला भर रहा था।

"जोगी रा सारारारा...कोन देस में पियवा गइले, कोन देस में गुनिया
कोन देस में डंडाबाजी, कोन देस हरमुनिया...जोगीरा सारारारारा..."

बगल से गाते, धकियाते हुए शिवकुमार निकल गया...दूर...।

"फगुआ गया है साला...तेरी तो..." मुकेश ने मोटी गाली निकाली। राजवती मोबाइल लेकर दूर मचान की तरफ़ चली गयी थी। मुकेश खेत की मेड़ पर पलथी मार कर बैठ गया। उसे मोबाइल बिल की चिन्ता न हुई पहली बार। रिचार्ज कराने के पैसे जेब में काफ़ी थे। राजवती की बातें उस

तक नहीं पहुँच रही थीं। उसे क्या...जो भी बातें करनी हो करे, पति ही तो है उसका...इतनी व्याकुल पत्नी तो उसने आज तक न देखी थी। साथ-साथ रहने वालों को लड़ते देखा, मारपीट करते देखा, थाना-कचहरी दौड़ते देखा। दूर रहने वालों के बारे में कम ही पता है। कभी-कभी कुछ पत्नियाँ एजेंसी के दफ़्तर में पहुँच कर हंगामा करती देखी हैं जो रोती रहती हैं कि मेरे पति को वहाँ से छुड़ा कर बुला दो...वहाँ फँस गये हैं...कम्पनी उनको आने नहीं दे रही है...घरवाले सता रहे हैं, पैसा छीन ले रहे हैं या खेत पर कब्ज़ा कर लिया है...इस तरह की शिकायतें देखी हैं। इनसे मुकेश का अब तक मनोरंजन ही होता रहा है। हवा में दो गाली उछालता हुआ टैम्पो में बैठ जाता—

"अब रोने से का फ़ायदा, तोरा साईं गया पेट्रो डॉलर कमाने...लालच बुरी बला है..."

ताज़ा-ताज़ा छेमी-सी, बत्तिया खीरा-सी, राजवती भी विलाप करने वाली जमात की निकली...मुकेश उन विरहाकुल आँखों पर कुर्बान हो गया। वे आँखें जो रोज़ उसे पौ फटते ही अपनी तरफ़ खींचती थीं और वह दिनभर महमह करता (महकता) घूमता था।

दूर राजवती मचल-मचल कर बातें किये जा रही थी...अचानक रुदन सुनाई पड़ा...उसने मोबाइल कट किया और वहीं मचान से लगकर रोने लग पड़ी। मुकेश से रहा नहीं गया। दौड़ता हुआ मचान तक गया। राजवती ने मोबाइल उसे पकड़ाया और पल्लू मुँह में ठूँस कर रुलाई रोकने की कोशिश करने लगी। मचान खेत के बीचोबीच बनी हुई थी। गाँव के नामी विद्वान और समाजसेवी अशोक बाबू का खेत था। मुकेश ने सुना था कि अशोक बाबू जब भी गाँव आते हैं, इसी मचान पर बैठकर कॉफ़ी पीना पसन्द करते हैं। संयोग से अशोक बाबू पटना गये हुए थे। नहीं तो कोई-न-कोई इधर उन्हें ढूँढ़ता हुआ निकल ही आता। गाँव में खेत से बढ़कर कोई पनाहगाह नहीं होती। हज़ारों प्रेम खेतों में पनपे, नदियों में तैरे और फ़सलों में लहलहाए। कभी कटे, कभी बँटे, कभी उजड़ गये। मुकेश का प्रेम भी खेत से शुरू हुआ, जाने कहाँ उजड़ेगा। थोड़ा उदास मन से उसने राजवती को हौले से छुआ। वह मानो इस पल के इन्तज़ार में थी। मुकेश से लिपट कर बिलख पड़ी। वह बोले जा रही थी...मुकेश चुपचाप सुनता रहा...

राजवती का पति विपिन आबूधाबी गया था प्लम्बर बनने, वहाँ होटल का वेटर बन गया है। कभी प्लम्बर तो कभी वेटर...उसका पासपोर्ट होटलवालों ने दो साल के लिए ज़ब्त कर लिया है और उससे करार भरवा लिया है। एक साल और वह वहाँ से रिहा नहीं हो सकता...। और भी दुनिया भर की समस्याएँ...कोई मददगार नहीं वहाँ। उसके जैसे कई लड़के फँसे हुए हैं। कुछ अपनी मर्ज़ी से तो कुछ पैसे के लालच में। कुछ भी हो जाये, विपिन एक साल और वापस नहीं लौट सकता। हो सकता है, कुछ और लम्बा खिंच जाये...।

वापसी की अनिश्चितता ने राजवती को दुख में डुबो दिया। मुकेश उसके दुख से दुखी हो उठा लेकिन कहीं भीतर अपने लिए उम्मीद की किरण फूट रही थी। किसी तरह उसको समझा-बुझाकर मुकेश ने उसे वापस घर भेज दिया लेकिन उसका माथा ठिकाने नहीं था। अगले दिन सुबह गुलाबी पर्ची लेकर बेमन से जीरादेई प्रखंड के गाँवों की सड़कों पर फेंकता रहा, आवाज़ न निकाली गयी...शाम होते ही मचान के पास पहुँच गया। कोई डोर खींच कर वहाँ तक ले गयी थी। वहाँ दोपहर से राजवती विराजमान थी। सूजी हुई आँखें...बाल उजड़े हुए, बिन्दी गायब...काँच की चूड़ियाँ भी आधी गायब। लगता है, हाथ पटक-पटक के रोई-धोई होगी। मुकेश ने जी भर कर उसे निहारा, जैसे कोई किसान धान की सुनहरी बालियों को निहारता है।

"हमको एकदम ईहाँ मन नहीं लग रहा है...नइहर की याद आ रही है... हम उहाँ वापस जाना चाहते हैं, मगर कोनो उपाय नहीं...मेरी माई नहीं चाहती कि हम वापस लौट कर उसके दुआरे जायें...डरती है कि ससुरालवाले कहीं हमको छोड़ न दें...हमको फँसा दिहिस...हम का करें ईहाँ...हमको कहीं ले चलो...हम भाग जायेंगे...नदी-पोखर में डूब के नहीं मरेंगे हम...हमको बुझा नहीं रहा कि ज़िन्दगी कइसे कटेगी...एगो बच्चा होता तो उसमें लगे रहते...उहो नहीं हुआ...रहेगा तब न होगा...हरजाई कहीं का..."

अब इसी तरह का विलाप रोज़ की बात हो गयी थी। दोनों रोज़ मिलते, कुछ दिनों तक रोने-धोने की बातें होती रहीं...फिर एक दिन मुकेश ने उसके हाथ में मोबाइल पकड़ा दिया। उसे हाथ में लेते हुए वह कँपकँपाई। जैसे मनचाहा खिलौना मिल गया हो। कई बार बहुत तरस मनचाही चीज़ों के प्रति

उदासीन भी कर देता है। मोबाइल हाथों में लेते हुए उसके चेहरे पर जो नूर उभरा...मुकेश उससे आबाद हो गया। जैसे किसी और चीज़ की तमन्ना खत्म हो गयी हो। काश, राजवती इस तमन्ना को समझ सके। लेकिन वह तो किसी और धुन में थी। मुकेश के रूप में एक साथी मिल गया था जिससे अपना दुख बाँट कर वह हल्की होती जा रही थी। कुछ-कुछ भूलने भी लगी थी। बातचीत का मुद्दा बदलने लगा था। रोना-धोना लगभग खत्म। मोबाइल की तो कल्पना भी नहीं की थी।

"हम कहाँ से इसको रिचार्ज करवाएँगे...हमको बुढ़ऊ एक पइसा नहीं देता है...उल्टा मेरे बारे में उनके दिमाग में शक डाल दिया है...दोनों मिलकर भरते रहते हैं...हमसे बात करते हैं तो खाली डाँटते रहते हैं...कि आने दो, देखेंगे तुमको...घर में रहो...कहीं निकली तो टाँग काट देंगे...क्या-क्या नहीं धमकी..."

मुकेश बोल पड़ा—

"छोड़ो ई सब, बोलो, रिंग टोन का रखोगी...गाना रखोगी कि बाजा रखोगी...लाओ सुनाते हैं..."

मोबाइल से एक-से-एक गाने बजने लगे...

"परदेसी...परदेसी...जाना नहीं..."

"कैसा सिला दिया तूने मेरे प्यार का..."

"लाल दुपट्टा उड़ गया रे हवा के झोंके से..."

"क्या करते थे साजना...तुम हमसे दूर रहके..."

"बस-बस...रहने दो, ई गाना सब नहीं चाहिए...कोनो भोजपुरी गाना लगा दो..."

"तुमको रोने-धोने वाले गाने चाहिए का...एगो दर्दनाक खेला का बड़ा पोपुलर गाना लगावें...रोई-रोई पतिया...लिखवले रजमतिया..."

गाते-गाते मुकेश ने सुबकने का अभिनय किया।

"अरे नहीं...जोकरई मत करो...सिंपल गाना लगा दो न..."

मुकेश ठठाकर हँस पड़ा।

"तो लो...ई सुनो..."

"साँवली सूरतिया तोहार...ओ गोरी मन में बसल बा हमार..."

''सुनो...अप्पन मन के भावना मत सुनाओ हमको...बूझे...बच्चा नहीं हैं हम...तुमको खूब गाते सुने हैं हम...भोरे-भोरे...छोड़ो गाना...ट्रिंग ट्रिंग ही लगा दो...''

मोबाइल की छीना-झपटी देर तक चलती रही। मुकेश जानबूझकर ऐसी हरकत करता कि राजवती उससे छू जाये। मोबाइल एक अच्छा बहाना था। पूरा फ़क्शन सिखाना था उसे, सो पास-पास के कई मौके मिले। राजवती मग्न होकर सीखने में लगी रही।

मुकेश ने उसे मोबाइल पकड़ाते हुए कहा, ''पहला कॉल करो, पतिदेव को...मिस्ड कॉल करना, बोलना उधर से ज़्यादा कॉल किया करे...''

राजवती ने फ़ोन मिलाया...

मुकेश का मोबाइल बजा। जेब से निकालकर स्क्रीन पर देखा...गोरी का फ़ोन था।

''हमको काहे फ़ोन कर रही हो? अपने उनको करो ना...''

''मोबाइल ऊ दिये हैं का...तुम दिये हो...तुमको ही करेंगे...पहला फ़ोन तुमको ही करना चाहिए...हम इतने भी...''

मुकेश भीतर तक भीग उठा। शाम की फागुनी हवा में नमी-सी थी। वहाँ से चलने का समय हो गया था।

''तुमको डर नहीं लग रहा क्या हमारे साथ... ?''

मुकेश की आवाज़ में पहली बार राजवती ने लोच महसूस की। उसे झटका लगा...

''ना...ना...तुम हो न...''

''एतना भरोसा...''

''हमको लील थोड़े न जाओगे...हमें साथी मिल गया है...एक साथी नइहर में छूटा था, ससुराल में एक और मिल गया...''

''सिर्फ़ साथी... ?'' मुकेश का मन हुआ सीधे पूछ ले। फिर सकपका गया कि हड़बड़ी में उसे गँवा न बैठे।

''औरतों के दिमाग का क्या ठिकाना, जितनी देर चुप रहती हैं, समझो गनीमत है, सनक गयीं तो किसी को कुछ नहीं बूझती हैं।''

अक्सर ऐसे जुमले सुने हैं। वह जोखिम नहीं उठाना चाहता था कि राजवती का माथा सनक जाये और वह हीरो से जीरो बन जाये। मन को समझाया... धीरे-धीरे रे मना...धीरे सब कुछ होए...

इसे लगा, भीतर कुछ बदल रहा है। भीतर का शोर थम गया है और हल्की-सी खुशबू अन्दर-अन्दर फैल रही है। उम्मीद की किरणें फैल रही हैं उसके चारों तरफ़। किरणें वृत्ताकार बनती जा रही हैं, उनमें वह और राजवती। वह इतनी सुंदर कल्पना भी कर सकता था, खुद से ही मुकेश को इतनी उम्मीद नहीं थी। उद्देश्यविहीन उड़ती पतंग को डालियाँ रास आ रही थीं। वह शाख पर लटक कर फड़फड़ाना चाहता था। अपने ऊपर लगे तमाम विशेषणों को नोंच फेंकना चाहता था।

"आ गये लफंगे सारे...किसको खोज रहे हो...चलो फूटो यहाँ से...चार आदमी लेके तुम्हारे घर पर चढ़ आएँगे तब पता चलेगा..."

राजवती का ससुर हरनेसर दहाड़ उठा। हरनेसर अपने उग्र स्वभाव के लिए पूरे गाँव में बदनाम था। आए दिन अपनी पत्नी को ठोक देता था और सुनने में ये भी आया कि सास-बहू के झगड़े में पतोहू पर भी डंडा उठा लेता है। पिछले कुछ दिनों से गहरी हताशा में जी रहा था। जब से नशाबन्दी शुरू हुई, उसका कोप अपनी पत्नी समेत तमाम औरतों पर बढ़ गया था। सुबह-शाम कोसते-कोसते एक बार बोलना नहीं भूलता कि औरतों ने ही नशाबन्दी करवा दी है और उनको लगता है कि मारपीट रुक जायेगी तो उनका भ्रम है। दो हाथ ज़्यादा ही लगा देता था अपनी पत्नी को। वह राजवती को नशाबन्दी से जोड़ कर नहीं देखता था लेकिन गुस्सा आ जाये तो किसी को कुछ नहीं समझता था। रोज़ पत्नी उसके कान भरती थी, इधर अजीब-अजीब किस्से सुनाने लगी थी। हरनेसर का कोप बढ़ता चला जा रहा था। उसे लगता था कि बेटे की अनुपस्थिति में उसकी अमानत को पवित्र बनाए रखना उसका पुनीत कर्तव्य है। वह राजवती के प्रति कुछ ज़्यादा ही सख्त हो रहा था।

इधर पिछले कुछ दिनों से राजवती गायब थी। मोबाइल भी ऑफ़ कर

लिया था। मंदिर, पोखरा कहीं दिखाई नहीं दे रही थी। हर तरफ़ मुकेश और उसके साथियों ने तलाश की। सारे टोले छान मारे तब जाकर शिवकुमार पूरा पता लेकर आया। लुहेड़ा शिवकुमार बहुत काम आया था। मुकेश से निहोरा कर रहा था कि उसको बिना लेन-देन के एजेंसी से विदेश भिजवा दे, इलेक्ट्रीशियन का काम सीख कर पारंगत हो गया है। शिवकुमार मुकेश के आगे-पीछे डोलता रहता है। उसका कहा सुनता है। मुकेश, शिवकुमार और झूलन सिंह तीनों एक साथ राजवती की खोज खबर लेने उसके घर धमक गये थे। तीन-चार मज़दूरों के साथ हरनेसर घर बनवाने में जुटा हुआ था। चारों तरफ़ सीमेंट, गारा, ईंटें फैली हुई थीं।

"लगता है बहुत माल आया है विदेस से चचा... ?"

शिवकुमार ने चुटकी ली।

"हाँ, आया तो है, तुमको क्या...तुम्हारी तरह लुहेड़ा तो नहीं मेरा बेटा... कमा कर भेजता है तो घर बनेगा...तुम छिछियाते रहो...चलो फूटो यहाँ से..."

"हमको राजवती से मिलना है..."

मुकेश तनकर सामने खड़ा हो गया। उसकी लाल आँखों से एकबारगी हरनेसर डर गया। अन्दर से राजवती की सास चिल्लाती हुई बाहर निकली...

"देख लो, पतोहू की करतूत...गाँव के लफँगे इनके गुइयाँ (मित्र) हैं...मार मुँहझौसा के...घर से कदम बाहर न रखने देंगे...हम कहते थे कि वैशाली जिल्ला की लड़की मत लाओ, सहकल होती है। कहाँ सुने मेरी बात, बड़ा कहते थे...बड़ा महीन जिल्ला है...महीन चाल है...लो देखो...चाल-चलन...आवारा छौरा सबके साथ घूम-घूम के बाहर की हवा लग गयी है...कहती है, नाटक करेगी, समाज सेवा करेगी...सभा करेगी...परिवर्तन में जायेगी...कहती है, वहाँ बहुत काम है, जीवन बदल जायेगा...बड़ा जीवन बदलेगी, चार अक्षर पढ़ी है तब एतना घमंड...जादा पढ़ लेती तो कान से पियाज काटती...टाँग तोड़ देंगे, देखते हैं कइसे जायेगी..."

दाँत पीसती हुई हरनेसर की पत्नी का प्रलाप जारी था।

मुकेश ने यह प्रलाप सुना ही नहीं। वह घर के अन्दर घुसने की कोशिश करने जा ही रहा था कि हरनेसर ईंट लेकर दौड़ा।

"माथा फोड़ देंगे...साले...घर में घुस के दिखाओ तुम..."

झूलन सिंह और शिवकुमार ने हरनेसर को दबोच लिया और वहाँ हड़कंप मच गया। सारे मज़दूर काम छोड़कर झगड़ा देखने लगे। हरनेसर की पत्नी ने छाती पीटना शुरू कर दिया था।

अचानक ज़ोर की चीख सुनाई दी, सब एकदम से थम गये। सारे मज़दूर ठिठक गये। हरनेसर भी चंगुल से छूट गया। मुकेश दरवाज़े पर ही ठिठक कर रह गया। पिछवाड़े की तरफ़ से बाहर दालान तक झपटती हुई राजवती चली आ रही थी।

"क्या तमाशा मचा रखा है आप लोगों ने। सब झगड़ा टंटा खत्म करिए आप लोग। हमारी ज़िन्दगी है, इसका फ़ैसला हम करेंगे, आप लोग नहीं... हम कोई गलत काम नहीं करने जा रहे हैं। आप लोग पता कर लीजिए...पूरा गाँव जवार बता देगा कि राजवती क्या काम करने जा रही है। हमारे बाहर निकलने से, काम करने से आप लोगों की नाक कटती है तो ऐसी नाक कट जाये। हमको परवाह नहीं।"

वह सास के पास गयी—

"आप बेटा से शिकायत करेंगी मेरी...तो करिये। हमीं बता देते हैं। क्या करेंगे, छोड़ देंगे हमको...तलाक देंगे...नइहर पहले ही भस्म हो गया, ससुराल भी भस्म हो जाये...हमरा कहीं घर नहीं है...हम अपना घर बनायेंगे...देखियेगा... रखिये अपना घर-द्वार...हम जा रहे हैं, जहाँ हमको काम मिलेगा, हमको जीने का उद्देश्य चाहिए...हम रो-रो के जीवन नहीं काटेंगे...बूझीं आप..."

"का करोगी तुम...आयं...कुछ काम आता भी है... ?"

सास बिफरी। दिन भर बैल की तरह घर में खटने वाली पतोहू हाथ से निकल रही थी। हक्के-बक्के हरनेसर को गहरा धक्का लगा। विदेश से आने वाला पेट्रो डॉलर खिसकता नज़र आने लगा। छत टपकती रहेगी अब...कमरा न बनेगा...आँगन की दीवारें न उठेंगी...सारा दिन चौक पर चाय, खैनी करते बीतता है, ताश खेलते बीतता है, सब पर कहर टूटता दिखाई दिया। उसने रौद्र रूप धरे अपनी पतोहू की तरफ़ देखा जो पहले कभी इतनी प्यारी नहीं लगी थी।

"हम कम पढ़े-लिखे हैं तो क्या हुआ...जो काम आता है, वही करेंगे...

हम सूजनी (बिछौना) सी लेंगे...कढ़ाई कर लेंगे, स्वेटर बुन लेंगे...हम गाना गाकर महिला समाज को जगायेंगे...हम रो-रो के पाती नहीं लिखेंगे...आपकी गाली नहीं सुनेंगे...एक-एक पैसे के लिए आपके आगे हाथ नहीं फैलाएँगे...मेरे हाथ भीख माँगने के लिए नहीं बने हैं अम्मा...''

अब गश खाकर गिरने की बारी मुकेश की थी। राजवती के भेजे में इतनी बातें घुस गयीं और वह इतने साहस से कैसे सामना कर पा रही है। फिर कुछ दिन गायब क्यों रही...फ़ोन क्यों नहीं किया...वह हैरानी से राजवती के भीतर से निकलती एक नयी स्त्री को देख रहा था। वह अनजानी-सी लगी। स्त्रीजनित तरुणाई कम दिखी, उसमें दबंग-स्त्री की चमक फूट रही थी। झूलन सिंह और शिवकुमार किसी भी अप्रत्याशित हमले और बचाव के लिए तैयार थे।

''चलो मुकेश, हमें 'बदलाव' के ऑफ़िस जाना है...हमें कोई रोक नहीं सकता...''

कन्धे पर आँचल, कपड़े का झोला लटकाए, हाथ में मोबाइल लिये वहाँ से सबको घूरती हुई निकल गयी। मुकेश ने अपने दोनों साथियों को इशारा किया कि वे वापस लौट जायें। हरनेसर की पत्नी राजवती के पीछे लपकी ही थी कि हरनेसर ने उसे रोक दिया। दोनों दूर तक उसे जाते हुए देखते रहे। दोनों की आँखों में अलग-अलग जुगनू टिमटिमा रहे थे।

''तुम मोबाइल काहे ऑफ़ रखी थी जी...इतने दिन से काहे नहीं दिखीं... मिलने भी नहीं आयीं...हम रोज़ मचान की तरफ़ जाते थे...अब तो वहाँ जाना न हो पाएगा...सुने हैं, अशोक बाबू पटना से गाँव आए हैं...अच्छा सुनो, तुम 'बदलाव' संस्था में बात कर ली हो...क्या काम देंगे...पैसा कौड़ी मिलेगा कि खाली फ़िरिए में...''

''मुकेश...हम बहुत तकलीफ़ से गुज़रे हैं, इत्ते दिनों...फ़ैसला लेना बहुत आसान नहीं था...आज जो हुआ, उसका उल्टा भी तो हो सकता था। हम हमेशा के लिए कैद भी हो सकते थे न...हमने खुद आज़ाद किया न अपने को...तुम बहुत साथ दिये...तुम न होते तो जाने हम क्या कर जाते...तुम किसी जन्म का पुण्य हो मेरे...साथी हो मेरे...भागना मत छोड़ के...''

''मोबाइल काहे बन्द था साथी... ?''

"घर में रिंग बजता तो धर न लिये जाते...छीन लेता मोबाइल...हम बहुत सोचे इस बीच...तुम 'बदलाव' संस्था के बारे में बताए थे न...वहाँ की एक सहयोगिनी आयी थी, हमको सब बात उसी से मालूम पड़ा...अब हम भी बन गये हैं सहयोगिनी...मेरे जैसी न जाने कितनी औरतें हैं, पूरे इलाके में, अब देखना, हमारा काम..."

वह खुशी से चहकी—"और हम बिदेसिया खेला में भी काम करेंगे... तुम भी करो न खेला में काम..."

"नहीं रे...हम कहाँ नाटक-वाटक..."

"काहे...तुम इतना अच्छा गाते हो...वहाँ गाना सुनाओ...साँवली सुरतिया तोहार..."

राजवती गाने लगी...

मुकेश ने पहली बार इतनी सुरीली आवाज़ सुनी। कितना मधुर गाती है यह नयी स्त्री। पुरानी स्त्री तो सिर्फ़ रोती-धोती थी...। उसे यह परिवर्तन भला भी लग रहा था और आशंकाएँ भी घेर रही थीं। वह मुस्कुरा न सका।

बदलाव का परिसर राजवती के टोले से अच्छी-खासी दूरी पर था। खेत से उसका बड़ा-सा परिसर दिखाई देने लगता था। टोले से वहाँ तक जाने के लिए पतली-सी पगडंडी कच्ची सड़क से मिलती थी। फिर आगे जाकर दोनों तरफ़ खेत थे, कुछ दूर मेड़ों के बीच चलकर, वह पक्की सड़क पर खत्म होती थी। सरसों की फ़सल कट गयी थी। चैत की धूप तीखी होने लगी थी। राजवती की चाल बहुत तेज़ थी। इस तरह चलते हुए मुकेश ने उसे कभी नहीं देखा था। जब भी चल कर उससे मिलने आती तो लगता कि उसकी पीठ पर एक मन नमक का बोरा लदा हो। लुढ़कती हुई आती और भरभरा कर गिर पड़ती। एक बदली हुई स्त्री हवा की तरह उड़ती हुई उसके साथ चल रही थी और वह उसके साथ कदम नहीं मिला पा रहा था। उसके पाँव टैम्पो का एक्सीलेटर दबाने के अभ्यस्त थे। उसी गति का अभ्यस्त था। दोनों ज़ीरो माइल के पास जैसे ही पहुँचे, मुकेश रुक गया।

"यहीं रुको, कोई गाड़ी आयेगी तो तुमको बिठा देंगे..."

राजवती ने उसकी कलाई थाम ली।

"काहे साथी, जवान-जुहान हो, पैदल चलने में थक गये क्या...अभी तो बहुत भागना पड़ेगा साथी..."

"मैं काहे भागूँगा साथी, मेरे पास टैम्पो है न, और हम खाली साथी ही तो हैं तुम्हारे, कौन-सा जीवनसाथी... ?"

जुबाँ पर बात आते-आते रुक गयी। दर्द छलक आया। कई सहयोगिनियाँ 'नारी जुटान' जाने के रास्ते में मिल गयी थीं। राजवती को उनके साथ घुलने-मिलने की बेचैनी हो रही थी। वह मुकेश के अधूरे वाक्य को पूरा करने से पहले बिछड़ना नहीं चाहती थी।

"जीवनसाथी की करतूत देख लिए न...ऐसा ही होता है जीवनसाथी, मुझे तुम जैसे साथी की हमेशा ज़रूरत है...साथ दोगे न...बोलो...बोलो हाँ, तब हम जायेंगे 'नारी जुटान' की ओर...नहीं तो इहें रोदना पसार देंगे...बोलो हाँ कि न..."

"हमसे न ज़्यादा दिन न होगा...हम तुमको सच में..."

मुकेश की बात अधूरी रह गयी। जुटान के लिए जाती हुई अनगिन महिलाओं का खिलखिलाता, गाता बजाता हुआ रेला आया और राजवती उसमें समाती हुई खो गयी। उसकी गुलाबी-हरी साड़ी का रंग धीरे-धीरे गुम होता हुआ आँखों में समा गया...।

"पिरितिया काहे न लगवलऽ, बेकल जिया रहलो न जाये..."

पेंटर की दूकान पर गाने के बोल सुन मुकेश चिल्ला पड़ा—"बन्द कर रे सरऊ, फालतू के गाना...चल लिख..."

टैम्पो के पीछे पेंटर से मोटे-मोटे अक्षरों में लिखवाया—

"प्यार एक ज़रूरी धोका (धोखा नहीं, धोका) है...कइलऽ त गइलऽ बेट्टा...।"

परी हो, बला हो, क्या हो तुम

नक्काशीदार चिराग किसी खुदाई से निकला हुआ प्रतीत हो रहा था। मानो उसे कई बार घिसा गया हो, घिस-घिस कर अरमान निकाले गये हों। जाने उससे कितने अरमान पूरे हुए हों। वज़नी चिराग था, भारी भरकम जिन्न की उपस्थिति से भरा हुआ। चिराग को उलटते-पुलटते हुए वह देख रहा था। न जाने कितनी कही-अनकही छिपाए हुए था अपने मन में! वह चाहता तो बहुत कुछ कह सकता था उससे! मगर वह कह न सका था। वह चाहता तो था कि उसका हिजाब थोड़ा हटा दे! मगर यह भी नहीं हो सकता था! सिर से हिजाब हटाने की बहुत कोशिश की, उसके बालों को आज़ाद हवा में उड़ाने की कोशिश की। हिजाब के खिलाफ़ तर्कों का ज़खीरा खोल दिया, दुनिया भर की आज़ाद औरतों का हवाला दिया, मगर वह सबमें असफल रहा।

जैनब! यही नाम था उसका। दिल्ली से जब आकर्ष रंजन ने सफ़र शुरू किया था तो क्या पता था कि वह प्रेम के मिथक में फँस कर खुद ही आख्यान में बदल जायेगा।

उसे मिथकों पर काम करने का शौक था। मगर वह नहीं जानता था कि मिथकों पर काम करने का शौक उसे ही एक दिन मिथक बना देगा। वह मिथक ही बनकर रह जायेगा, अलादीन यहीं रह जायेगा और सिर्फ़ चिराग को ही अपने साथ ले आएगा। उसे बचपन से ही पुरा और लोक कथाएँ, ऐतिहासिक आख्यान सुनना, संग्रह करना बहुत पसन्द था। वह उन इलाकों में जाना चाहता था, जहाँ के किस्से बहुत मशहूर थे। वह मिथक और इतिहास

में भटकता हुआ जहाँ जा सकता था, वहाँ गया।

फिर उसे ध्यान आया अलादीन का! वही अलादीन, जिसके पास जादुई चिराग था। आकर्ष की मम्मी हमेशा कहती थीं कि काश, कोई जादुई चिराग होता तो वह उसे उसी चिराग में बाँधकर रख देतीं। उसमें बन्द कर देतीं और अपने पास रखतीं हमेशा! वह खंडहरों में तो नहीं भागता! वह हँसता और कहता—"मम्मा, देखना, चला जाऊँगा एक दिन चिराग लेने और एक जीनी ले आऊँगा तुम्हारे लिए! तुम्हारी हर माँग पूरी कर देगी। सारे अरमान निकाल लेना।"

रोटी बेलती हुई माँ आटा लाकर उसके मुँह पर लगा देती—

"और, तेरे लिए? तेरे लिए क्या होगी?"

वह झेंप जाता। मम्मी की पीठ पर सिर टिका देता! मगर मम्मी से बचना सरल न होता!

"वैसे तुम कहो तो बात चलाऊँ किसी से? यहीं से ले आ! अलादीन के देश से न जाने क्या ले आये? सलमा, रोजा, आयशा!"

मम्मी हँसते हुए उसकी मनपसन्द अरहर की दाल परोसती जातीं।

"वैसे सुना है, मिडिल ईस्ट की लड़कियाँ सबसे सुन्दर होती हैं। मैंने लेबनान और जॉर्डन की लड़कियाँ देखी हैं...गज़ब की बला..."

मम्मी रीझती हुई हँसतीं। मम्मी को तब गौर से देखता। अपने ज़माने में मम्मी भी बला की खूबसूरत रही होंगी।

"मॉम, अलादीन की जीनी से तड़का लगवा लेना!"

वह मम्मी से ठिठोली करने में पीछे न रहता था।

अलादीन और उसका चिराग आकर्ष के मन में बचपन से बैठ गये थे! वह क्या खाता होगा, वह क्या पहनता होगा, ये सब उसने केवल पढ़ा था, और अब उसका मन होता था उसका एहसास करने का! उस जिन्न की पोटली खोलने का। जैसे ही वह पोटली खोलने चलता वैसे ही मम्मी न जाने क्या-क्या बातें करने लगतीं! कभी-कभी तो उसे लगता कि मम्मी को ही जिन्न बना दे! मगर वह ऐसा नहीं कर सकता था। वह जिन्न की खोज में था। जिन्नों के किस्सों ने उसे दीवाना बना रखा था।

दमिश्क जाकर अलादीन को खोजने की उसकी चाह ने अंततः उसे एक दिन एयर इंडिया की फ़्लाइट में बैठा ही दिया! फ़्लाइट में बैठा-बैठा वह लोक कथाओं के नायकों के साथ, खासकर आल्हा ऊदल, शीत बसंत, तोता-मैना के साथ अपनी मुठभेड़ के बारे में सोचता रहा! वह कथाओं से भिड़ा, वह किंवदंतियों से भिड़ा मगर न जाने क्यों मिडिल ईस्ट की तरफ़ मन खिंच रहा था? वह भी तब, जब उस इलाके में आतंक के साए मँडराने लगे थे।

सीरिया में विनाश की परिभाषा लिखी जाने लगी थी। मगर वह चला आया था! उसे हमेशा लगता कि ऐसा न हो कि कहीं उस विध्वंस में उसका अलादीन खो जाये! और खो जाये कहवे की सुगन्ध! खो जायें अनेकों किस्से! वह नहीं खोना चाहता था। हाकावती कला की वीडियो रिकॉर्डिंग लेकर अपने वतन लौटना चाहता था।

अलादीन, उसका जिन्न और उसकी बीवी का देश होगा! न जाने कब उसकी आँख लग गयी थी! और सपने में वह जिन्न और जीनी के सपने ही देखता रहा!

दमिश्क पहुँचकर वहाँ की हवाओं को महसूस करना चाहता है! वह जेनोबिया क्वीन के देश में पहुँच गया है। क्लियोपेट्रा-सी खूबसूरत और अनगिन किस्सों से भरी हुई रहस्यमयी रानी। संभव हुआ तो उसके शहर पालमायरा के खंडहरों में भटकेगा, किस्सों के सूत्र वहाँ बिखरे होंगे, उन्हें उठा लाएगा।

आकर्ष हवाओं में किरदारों को खोजता है! वह घूम-घूम कर आसमान पर उन किरदारों को पढ़ता है! हवाओं और आसमान से जब उसे फ़ुरसत मिलती है तो लोगों के चेहरों पर लगे पर्दे हटाने की कोशिश करता है और कभी-कभी उसे किरदार मिल जाते हैं, झन्न से उसके सामने आ जाते हैं तो कभी एकदम से खोजे भी नहीं मिलते! मगर किरदार तो हैं ही! किरदार हैं, तभी वह काम करने आया है। तभी उसका काम चल रहा है। उसका मन हो रहा है, जिन्न के साथ-साथ गुलाबी-गुलाबी नाज़ुक-सी जीनी खोजने का! कुछ इतिहासकार आर्यों को यहीं से आया हुआ बताते हैं! उसका मन हो रहा है आर्यों की खूबसूरती वाली लड़की को देखने का। वह एक पल को दमिश्क की सड़कों पर रुककर देखता है!

मगर उसे कहीं कुछ नहीं दिखता। उसे कहीं से कोई आवाज़ नहीं आती। आकर्ष के लिए होटल की बुकिंग पहले से ही हो गयी थी। मौसम भी भारत से अलग था, वातावरण भी! भाषा तो एकदम ही अलग थी।

अब समय था अरबी के साथ गुफ़्तगू करने का। मगर कैसे? उसे तो अरबी आती ही नहीं थी। शाम को अपनी अंग्रेज़ी के साथ ही अरबी सड़कों पर निकल पड़ा था। दमिश्क की सड़कें बहुत गुलज़ार रहती हैं। वहाँ पर एक तरफ़ बच्चों के कपड़े टँगे थे तो एक तरफ़ औरतों के! उसे लगा, जैसे वह कनाट प्लेस में जनपथ से होकर गुज़र रहा है। वही लड़कियाँ! वही औरतें! और वही बच्चे! सब कुछ तो वही था! कहाँ कुछ अलग था। कुछ लड़कियाँ जींस, टॉप में, कुछ स्कर्ट में तो कुछ बुर्के में! कुछ हिजाब में। नन्ही-नन्ही लड़कियाँ अपनी माँ का हाथ थामे हुए, कुछ ज़िद्द करती हुईं, तो कुछ अपनी माँ की अच्छी बच्ची बनी हुईं। उसका मन आइसक्रीम खाने का हुआ। आकर्ष को ज़्यादा इन्तज़ार नहीं करना पड़ा, जल्द ही उसे आइसक्रीमवाला मिल गया। मगर समस्या तो फिर भी थी, उसे अरबी नहीं आती थी, आइसक्रीमवाले को इंग्लिश नहीं। स्थानीय लोगों से संवाद में यह दिक्कत तो बनी रहेगी। कोई सिस्टम बनाये कि वह दिल में बोली जाने वाली भाषा समझ जाये! कैसे कोई दिल का अनुवादक बन जाये?

वह पार्क के किनारे बने आइसक्रीम पार्लर पर लगी आइसक्रीम की लिस्ट देखने लगा। पढ़ना मुश्किल था।

"आपको किस फ्लेवर की आइसक्रीम चाहिए?"

अंग्रेज़ी में मीठी आवाज़ थी! जैसे मुँह में ही स्ट्राबेरी फ़्लेवर की आइसक्रीम घुल गयी हो। वैसे उसे टूटीफ्रूटी पसन्द थी, मगर उसे लगता था कि लड़कियों को ज़रूर ही स्ट्राबेरी पसन्द होती होगी।

उसने अचकचा कर सिर उठाया! उसकी आँखों के सामने जींस और टॉप पहने मगर सिर पर हिजाब बाँधे एक लड़की खड़ी थी। उसकी आँखें चौंधिया गयीं। पलक झपकना भूल गया। काली-काली आँखें, सफ़ेद संगमरमरी चेहरा, तांबई होंठ...

"जी, आपको कौन-सी आइसक्रीम चाहिए? आपने जवाब नहीं दिया!" उसने फिर पूछा।

आकर्ष के दिल में यशराज फ़िल्म्स के नायक की तरह कोई चुपके से गिटार बजा रहा था।

वह भूल गया कि वह अनजान देश में अनजानों के बीच खड़ा हुआ है। अगर कुछ भी गड़बड़ की तो उसका सीधे सिर कलम होगा।

वह सतर्क हो गया।

मम्मी ने फ़ोन पर खास हिदायत दी थी कि लड़कियों से दूर रहना! मगर यह देश तो कहीं से भी इस्लामिक देश लग ही नहीं रहा था। वह तो बिलकुल भारत जैसा ही था। या कहें दिल्ली ही था। उसे तो ऐसा लग रहा था जैसे वह दिल्ली में ही कहीं है।

मगर वह दिल्ली में नहीं था, वह था कहीं कोसों दूर दिल्ली से, अपना दिल सँभाले! जो उस अंग्रेज़ी भाषा पर फ़िदा हुए जा रहा था।

''अजीब हैं आप, कुछ बोल ही नहीं रहे! आप भारत से हैं या पाकिस्तान से?'' वह फिर अंग्रेज़ी में बोली।

''जी, माफ़ करियेगा, मैं कहीं खो गया था, मैं टूटीफ्रूटी लूँगा,'' उसने इशारा करते हुए कहा। जुबान में थोड़ा कंपन था।

''ये नहीं, हमारी स्पेशल कच्चे बादाम की आइसक्रीम ट्राई करिए, आपका मन वाह-वाह न कर उठे, तो दमिश्क का नाम बदल दीजिएगा!'' वह चहकी।

''जी, वो तो ठीक है मगर आपका नाम है क्या?'' उसने आइसक्रीम खाते हुए पूछा। वह थोड़ा सहज हो गया था।

''वैसे यह आइसक्रीम है बहुत स्वादिष्ट! आपने बनाई है?'' वह चुप रही तो आकर्ष ने स्वाद में खोते हुए पुनः कहा।

''जी नहीं, मेरे भाई ने! वही यहाँ काम करता है! मैं तो उसकी मदद कराने कभी-कभी आती हूँ।''

उसने अपने भाई को उसके दिये गये पैसे सौंपते हुए अरबी में कुछ समझाया।

''अपना नाम नहीं बताया, मेरा पूछ रही है...अजीब है...'' वह बड़बड़ाया।

लड़की चिहुँकी—

''ओह! हिन्दी...तुम इंडिया से हो! लैंड ऑफ़ शाहरुख खान, सलमान

खान, आमिर खान...अमिताभ बच्चन...'' वह हँसी।

''तुम हिन्दी जानती हो?''

वह चौंका। बाप-रे तब तो खतरा है, कुछ भी बोलने से पहले सोचना पड़ेगा। अच्छा हुआ पहले ही पता चल गया...सँभल गया।

''थोड़ा...थोड़ा...अरबी में डब हिन्दी फ़िल्में देखती हूँ। आई लव इट...माई गॉड, कितनी ग्रेंड शादी होती है वहाँ, दुल्हन के कपड़े नायाब, कितना खुल कर नाचते हैं सब...कलरफुल्ल फ़िल्म्स...''

वह चहक रही थी।

आकर्ष हँस रहा था। ये लड़की तीनों खान को जानती है, अमिताभ को भी जानती है...बॉलीवुड फ़िल्मों की दीवानी लग रही है...अच्छी जमेगी इससे।

उसने देखा कि वह उसे ही देख रही है! उस समय वह उसे एक चुलबुली गौरैया लगी, जो एक पल के लिए रुककर देख रही है और सोच रही है कि अब आगे क्या?

उसने जब उसे मन भरकर देख लिया तो पूछा—''तुम हिन्दू हो?''

उसने हाँ में सिर हिला दिया।

''नाम बता दो...''

''आकर्ष...आप आशु कह सकती हैं...''

''मैं जेनोबिया, आप जैनब कह सकते हैं...'' वह खिलखिला पड़ी...

आकर्ष को लगा, वह घने पेड़ के नीचे खड़ा है और पत्तों पर ठहरा हुआ बारिश का पानी झरझरा कर उसके ऊपर गिर रहा है। वह पेड़ के प्रति कृतज्ञता महसूस करने लगा। सूखी ज़मीन से कोई सोंधी गंध उठ रही थी जो उसके पूरे जिस्म को गमका रही थी।

''आकर्ष, मिन्स...समथिंग दैट इज़ डिवाइन, आई नो जेनोबिया...क्वीन जेनोबिया...''

वह संजीदा हो गया था। नाम के अर्थों के आदान-प्रदान के बाद झिझक की दीवार गिरने लगी थी। जैनब कुछ फ़ुरसत में दिखाई दे रही थी। आकर्ष को लगा, वह उसमें कुछ दिलचस्पी ले रही है। अजनबी होकर भी अजनबीयत गायब है।

आकर्ष मौका देखकर बोल पड़ा—

"आप मुझे अपना शहर दिखाएँगी, चिरागों का शहर, यह लैंड ऑफ़ लैम्प है!"

"हाँ, अलादीन वाले चिराग..."

वह गद्गद हो गया, जैसे मुँहमाँगी मुराद मिल गयी हो। उसे लगा कि जीनी मिल गयी, जिन्न भी यही खोज कर देगी।

उस पल वह मम्मी की हिदायत एकदम भूल गया। वह भूल गया कि मम्मी ने उसे लड़कियों से दूर रहने के लिए कहा था। वह तो ये गया कि वो गया। उस शाम उसने दमिश्क के ओल्ड सूक की गलियों में खूब चिराग देखे। एक से बढ़कर एक! रंगीन चिराग! रंगहीन चिराग, जलने वाले चिराग तो केवल शोपीस वाले चिराग! कसमसाती हुई गलियों में दिल्ली के सदर बाज़ार का नज़ारा था। लेकिन वैसी अराजकता नहीं थी। शोरगुल नहीं था। भव्य और ग्लैमरस साथ था। वह न जाने कितनी लम्बी गलियों में भटकता रहा, रात को जैनब उसे टिपिकल सीरियन रेस्तराँ ले गयी। वहाँ पर हुक्का देखकर वह हैरान रह गया! और हिजाब में हुक्का पीती हुई लड़कियाँ! हिजाब में लड़कियों का बैंड? इंग्लिश गाने, तमाम वही चकाचौंध जो दिल्ली में है। ये सब एक मुस्लिम देश में? उसके लिए पर्दा उठ रहा था! हर तरफ़ नये-नये चिराग थे!

ये सब उसके लिए एकदम नया था! उसे लग रहा था जैसे वह परियों की दुनिया में था। उसमें वह भी हुक्का पी रही थी। वह भी गाना गा रही थी! रेस्तराँ में बैले डांसर का उत्तेजक नृत्य चल रहा था।

"क्या हुआ, कभी लड़कियों को नाचते-गाते हुए नहीं देखा?"

उसने उसके कन्धे पर हाथ मारा।

"देखा तो है, मगर यहाँ उम्मीद नहीं थी!" उसने शोर से बचते हुए कहा।

"क्यों, मुस्लिम देश है इसलिए?" उसने हुक्का गुड़गुड़ाया और धुएँ के गोल-गोल छल्ले बना कर ऊपर की तरफ़ उड़ाती रही। छल्ले नहीं, तरह-तरह की आकृतियाँ बन-बिगड़ रही थीं।

"हाँ, ये भी कह सकती हो!" आकर्ष ने गर्दन नीचे कर ली।

"कितने दिनों के लिए हो?"

"एक वीक, उसके बाद टर्की जाना है। वहाँ से वतन वापसी।"

वापसी की बात करते-करते आकर्ष की आवाज़ थरथरा उठी, जिसे शायद जैनब ने नोटिस किया।

"ठीक है, फिर कल मिलते हैं!" कल हम हाकावती सुनने यहाँ के सबसे फ़ेमस कहवाघर में चलेंगे। वहाँ आपको बहुत किस्से-कहानियाँ मिलेंगी। मैं ट्रांसलेट कर दूँगी, विदाउट फ़ीस मिस्टर इंडिया...।" चेहरे के सामने सुन्दर कलाइयाँ लहरा कर वह चली गयी। नेलपॉलिश का नीला रंग अँधेरे में चमकता देखा उसने। हिजाब का पिछला हिस्सा हवा में हौले-हौले झूल रहा था। मन हुआ, पीछे से एक सिरा पकड़ कर खींच दे। वह दूर जा चुकी थी।

दमिश्क की सड़कों पर दोनों अलग-अलग दिशाओं में मुड़ गये। गनीमत थी कि पूरे एक वीक का साथ मिल गया था। आकर्ष ने टैक्सी रोकी और होटल की तरफ़ चला गया।

वह तो दमिश्क में अलादीन के किस्से खोजने आया था और यहाँ उसके एक चिराग से जल गया! सही कहती थी माँ—'तू जीनी ले ही न आना!'

क्या उसे जीनी मिल गयी है? हा-हा, ये तो पहली मुलाकात है! पहली मुलाकात में ही यह हाल कर गयी!

धीरे-धीरे जैनब के खयालों में खोता हुआ नींद के आगोश में चला गया। वह सपने में पाल मायरा के खंडहरों में भटकता रहा। महल की टूटी मेहराबें दिखतीं और लोप हो जातीं। दूर कहीं मंदिर की ध्वस्त इमारत दिखी... रेत की आँधी से घिरी हुई। वह रेतीली आँधी में घिर गया। कुछ दिखाई देना बन्द हो गया है। काले-काले लम्बे बालों ने उसे अपने में लपेट लिया है... वह कसता जा रहा है...। अचानक सुरीली धुन सुनाई दी...पकड़ से निजात मिली, झट से आँखें खोल दीं।

मोबाइल पर सुरीली रिंग टोन बज रही थी। वहाँ के समय के अनुसार दस बज गये थे! वह एकदम से उठा! होटल के रिसेप्शन से फ़ोन था कि जैनब उसका इन्तज़ार कर रही है!

"तुम? यहाँ? तुम्हें कैसे पता चला कि मैं किस कमरे में हूँ?" जल्दी-जल्दी वह नीचे उतर कर रिसेप्शन पर भागता हुआ आया।

''ओह! ये जो रिसेप्शन पर है न, उससे मैंने कहा था कि किसी इंडियन टाइप को देखा क्या? तो उसने तुम्हारा कमरा नम्बर बता दिया! और देखो तुम ही निकले! अब अपना मोबाइल नम्बर बताने का कष्ट करेंगे!'' वह धाराप्रवाह अंग्रेज़ी बोलती जा रही थी।

मगर आकर्ष अभी तक खंडहरों में खोया हुआ था। काले लम्बे बालों से उसका जिस्म अभी तक लिपटा हुआ था। आज उसके सिर पर काला नहीं, रंगीन हिजाब बँधा हुआ था। सुबह-सुबह दूधिया चेहरा दमक रहा था। उसने गौर से देखा, आँखों में काजल खूब गहरा लगा हुआ था।

''क्या देख रहे हो मिस्टर इंडिया...ओह...काजल...पता है, हमारे धर्मगुरु क्या कहते हैं, लड़कियो, अल्लाह के लिए, आँखों में काजल लगाना कम करो, ताकि कत्ल के जुर्म से तुम बच सको...हो-हो-हो...''

वह उन्मुक्त ठहाके लगा रही थी। वह उसकी हँसी में साथ न दे सका। वह तो हिजाब में छिपे हुए बालों में उलझ गया था! उसका मन हुआ कि वह उसके बाल देखे! उसका हिजाब हटा दे, मगर वह इतनी हिम्मत नहीं कर सका!

टैक्सी में बैठते-बैठते उसने हिम्मत जुटा ली।

''मैं आपके बाल देखना चाहता हूँ जैनब...क्या यह सम्भव है?''

थोड़ी देर वह चुप रही। आकर्ष ने चेहरा खिड़की की तरफ़ कर लिया। दो दिन की मुलाकात में वह इतना फ्रैंक कैसे हो गया...खुद पर ही चकित था।

''मैं पाँच साल तक किसी के इश्क में थी। मैंने अपने ब्वायफ्रेंड को अपने खुले बाल कभी नहीं दिखाए। वह चला गया...फिर भी नहीं। हमारे यहाँ हिजाब नहीं हटाते, खुले बाल निकाह के बाद केवल अपने हसबैंड को ही दिखाते हैं! सो, सॉरी!''

वह हँसी! उसकी हँसी, उसे भीतर तक जमा गयी! एक पल में अन्दर के सारे तरल पदार्थ, ठोस में बदल गये थे।

उस दिन जैनब उसे दमिश्क की ऐतिहासिक गलियों में लेकर गयी! वह गलियों के इतिहास से परिचित करा रही थी, जैसे कोई गाइड आगरा का ताजमहल दिखाते हुए खो जाता है। बीच-बीच में अपने शहर को देखते हुए उसकी आँखें नम हो जातीं! आँखों के कोरों में लाल डोरे तैर जाते, एक

अजीब-सी पीड़ा उसकी आँखों में आ जाती! आकर्ष का मन हुआ कि वह पूछे, मगर वह पूछ नहीं सका! और न ही वह उसके आँसू पोंछ सका! जैनब ने दो दिन में उसे कमाल का कहवा पिलवाया! न जाने कितने व्यंजन खिलवाए। कितनी लोक कथाएँ सुनवाईं।

बस नहीं दिखाए तो अपने गेसू जिन्हें वह रात सपने में देखता और उसमें लिपटता जाता।

वह उसके काले बालों का जादू हकीकत में देखना चाहता था। वह चाहता था कि उसके बाल कम-से-कम एक बार तो उसके कन्धे पर बिखर जायें और वह दूर से ही सही, खुशबू में डूब जाये!

मगर जैनब ने तो उसे हिजाब पर बात करने से ही मना कर दिया। उसे लगा, शायद कुछ दिन और साथ रहे तो जैनब पूरी तरह खुल सकती है उससे। मन हुआ वीज़ा की अवधि कुछ दिन और बढ़वा ले। इसी इरादे से इंडियन एंबेसी पहुँचा तो वहाँ माहौल बदला हुआ था।

सीरिया के दूसरे शहरों में आतंकी हमले और कब्ज़े की खबरें आने लगीं। राजनीतिक हालात बिगड़ने लगे और सीरियन लोग मौजूदा राष्ट्रपति के खिलाफ़ लामबन्द होने लगे थे। विदेशी नागरिकों को देश वापस लौटने के आदेश जारी कर दिये गये थे। भारी मन से आकर्ष ने जैनब को फ़ोन मिलाया। फ़ोन स्विच ऑफ़ आ रहा था। वह बहुत घबरा गया। किससे पूछे जैनब के बारे में। उसका घर भी तो नहीं जानता। तीन दिन से अजनबी लड़की के साथ घूमता रहा, उसका पता-ठिकाना भी नहीं पूछा, उसे अपने ऊपर ही कोफ़्त हुई। मन में तरह-तरह की आशंकाएँ लिए हुए सिर धुनता रहा। बार-बार मोबाइल चेक करता रहा, शायद कोई मैसेज आया हो। रात भर वह एंबेसी में रुका और वहीं से कई भारतीयों को सुरक्षित एयरपोर्ट पहुँचाने की व्यवस्था की गयी। वह रास्ते में आइसक्रीम पार्लर पर रुककर पता करना चाहता था। शायद वहाँ मिल जाये, न मिली तो संदेश छोड़ दूँगा। अभी तो विदा के शब्द भी नहीं बोले गये थे। इश्क परवान चढ़ ही रहा था कि...

आइसक्रीम पार्लर पर एक कम उम्र का युवक बैठा था। भारतीय सवारियों से भरी हुई मिनी बस को उसने गिड़गिड़ा कर रुकवाया। युवक अरबी में

कुछ बोला और एक गिफ़्ट पैकेट उसको पकड़ा दिया। वह बार-बार इनकार में सिर हिला रहा था। हाथ से ऐसे इशारे कर रहा था मानो कोई चीज़ कहीं दूर चली गयी हो। उसे लगा, वह एक खाली मुल्क का बाशिंदा बन गया है।

एयरपोर्ट की तरफ़ बहुत भीड़ थी। हर देश के नागरिक निकलने की जल्दी में थे। अफ़रा-तफ़री का माहौल था, हर फ़्लाइट के काउंटर पर लम्बी कतारें थीं। इतना सुन्दर देश पलभर में ही अजनबी और खतरनाक लगने लगा था। आकर्ष को लगा दमिश्क के आसमान में काले-काले बादल छा गये हैं और उनमें उसका अलादीन और उसका जादुई कालीन खो गया है। जादुई कालीन अलादीन को बचा लाया था, मगर वह उसके इश्क को बचा पाएगा, सवाल मथने लगे। एकदम धक्के से उसे होश आया और उसने अपने हाथों में महफ़ूज़ गिफ़्ट को खोला। उसमें अलादीन का चिराग था। उसकी नक्काशी शानदार थी। सिर्फ़ चिराग...और कुछ नहीं दिया उसने। कोई पत्र, कोई संकेत। कोई पता, कोई सिरा। कुछ भी तो नहीं जिसके सहारे उसे खोजा जा सके। सिर्फ़ नाम से एक अजनबी लड़की को ढूँढ़ना कहाँ सम्भव हैं। वह फ़ोटो भी तो नहीं खींचने देती थी। उसने व्हाट्सऐप खोला, शायद वहाँ प्रोफ़ाइल पिक्स हों। वहाँ भी खाली था। शायद फ़ोटो से सीरियन एंबेसी खोजने में मदद कर सकती थी।

सिक्योरिटी चेकिंग के बाद कुर्सी पर बैठे-बैठे देर तक चिराग को देखता रहा। मन हुआ एक बार घिस कर देखे। वह अलादीन न सही, जिन्न प्रकट हो जाये तो...अपनी कल्पना पर उसे हँसी आयी। उसने सचमुच चिराग को चिकनी सतह पर घिस दिया। सतह से लगते ही चिराग का ऊपरी ढक्कन खुल गया। उसमें एक पर्ची ठूँसी हुई दिख रही थी। वह खुशी के मारे उछल पड़ा। लगा जिन्न इसी तरह अदृश्य रह कर अरमान पूरे करता है। आधुनिक काल में वह इच्छाएँ सूँघ लेता है।

धड़कते दिल से पर्ची को खोला...

उसमें अंग्रेज़ी में कुछ लिखा था, जिसका हिन्दी अनुवाद किया—

"अलादीन होना किसी का किसी के लिए नहीं होना होता है। वह जिसके पास जाता है उसका कुछ खो जाता है। देखते नहीं, मेरा मुल्क खो

गया है। मैं अलादीन को खोजते-खोजते खो गयी। इससे कुछ माँगना नहीं, बस इसको पास रखना। रिश्ते, मिलन, जुदाई ऐसे ही अलादीन की तरह होते हैं। उनके होने में ही उनकी सार्थकता होती है।''

आकर्ष का जी धक्क से रह गया। भीतर कहीं नसों में बिजली तड़की और आँखों में घटाएँ घुमड़ने लगीं।

उसने अलादीन का मुँह बन्द कर दिया। वह सोच रहा था—उसका क्या खो गया था!

अन्हरिया रात बैरनिया हो राजा

धीरे-धीरे धूल दबने लगी थी। गाँव में खुसुर-फुसुर कम होने लगी थी, पर आँखों ही आँखों में बात चल रही थी। कुछ बातें टूट रही थीं तो कुछ बन रही थीं। कुछ अधूरी थीं तो कुछ ने अभी ही जन्म लिया था। कामिनी माने कपरपुरावाली माने मुख़्तार जी की बड़की पतोहू के कमरे का दरवाज़ा खुला पड़ा था, पीछे खेत में भी कुछ निशान थे, पैरों के! तो क्या ये कामिनी के पैरों के थे? या उसी जिन्न के पैरों के निशान थे जो उस पर आता था। सरकार जी तो अलग टेसुए बहा रही थी।

"कहाँ गयी उनकी कामिनी दुल्हिनिया?" जब उस पर जिन्न चढ़ता था तब कितनी बार उसके तलवे और हाथ सहलाती थी!

"कुछ कहा सरकार जी?" किसी ने पूछा।

"कुछ नहीं।"

"सरकार जी, ई कामिनी कहाँ गयी है? जिन्न उठा ले गया क्या?"

"मैं तो उसे बहुत दुलार से रखती थी, न जाने कहाँ चली गयी?"

"जी सरकार जी, हमने, सबने देखा था, आप उसे बहुत प्यार से रखती थीं।"

उधर बादलों का एक टुकड़ा सरकार जी की बातों की पोल खोलते हुए बरस पड़ा। जैसे वह उनके झूठ की परतें खोल रहा हो।

"अरे...अभी तक तो ये बादल नहीं था, अब कहाँ से आ गया?" मुख़्तार जी की रोबीली आवाज़ गूँजी।

मुख़्तार जी का बहुत रुतबा था। हाजीपुर के पास एक छोटे से गाँव में मुख़्तार जी और उनकी बीवी सरकार जी का भरापूरा परिवार था।

तीन बेटे, एक कमाऊ था जो असम में नौकरी करता था, बाकी दो बेटों में से एक सबसे छोटा कस्बे के स्कूल में था और मँझला कॉलेज में। अभी तक उन्होंने अपने पूरे कुनबे को जोड़कर रखा हुआ था। संयुक्त परिवार का ठाठ था।

विदाई की बेला के बाद भी वह दो साल मायके रही थी। गौना सरकार साहब ने तय किया था। जब तक वह अट्ठारह बरस की नहीं हो जाती उसका गौना नहीं कराया जायेगा। उन दो बरसों में कामिनी अपने अन्दर न जाने कितने किस्से-कहानियाँ बसाती रही। रसोई में गोबर लीपने से लेकर कुएँ से पानी भरने तक वह लगी रहती। दिदिया से ठिठोली होती।

''जाओगी जब दोंगे (गौने) के बाद तब पता चलेगा कि क्या होता है फेरों और विदाई के बाद,'' कामिनी की दिदिया उसे चिढ़ाती और उसे न जाने क्यों बहुत अच्छा लगता था। उसके जी में गुदगुदी होने लगती। और वह उस गुदगुदी को कुएँ से पानी निकालते हुए बाल्टी में उड़ेल देती। बाल्टी से लोटे में पानी भरती और मुँह ऊपर करके गटगट पीने लगती।

अपने पति का चेहरा भी नहीं देखा था उसने! बस जब सिंदूर डाला जा रहा था तो उसने ज़रूर देखा था हल्के से, पर याद नहीं रहा उस अजीब से माहौल में। दिदिया और चाची लोग अजीब से गाने गा रही थीं। और माई? माई तो व्यस्त थीं।

शादी के बाद दो साल में माई ने उसे घर के कामों में निपुण कर दिया था। और वह देह के तमाम रहस्यों को खुद में समेटकर अपने आप ही जवाब देती रही, सवाल उठते रहे कहीं से और वह अपना वकील बनकर पैरवी करती रही।

आखिर शादी के दो साल बाद वह दिन आ ही गया जब उसका दोंगा हुआ। घर में शादी तक तो माई ने राजकुमारी की तरह रखा था, पर जो दो साल में उसे ट्रेंड किया था, उसका फ़ायदा उसे अपनी ससुराल में मिला। जैसे ही कामिनी का दोंगा हुआ वैसे ही यहाँ आते ही सास ने रसोई छुआ दिया।

खाना बनाने से लेकर बर्तन धोने तक का काम अकेले सिर–माथे पे उसके। वैसे तो घर में कई औरतें थीं, पर घर की सारी औरतों ने अपने–अपने हाथ–पैर समेट लिये। अपने दसों हाथों से कामिनी उर्फ़ कपरपुरावाली को रसोई में भिड़ जाना पड़ा।

सास के रूप में सरकार जी बहुत कठोर थीं, मजाल जो सिर से पल्ला खिसक जाये। सरकार जी उसूलों की एकदम पक्की। सीधे पल्ले की साड़ी पहने हुए सरकार साहब जब लाल सिंदूर की बिन्दी अपने गोरे माथे पर लगातीं तो ऐसा लगता जैसे सूरज उग रहा हो। उस उगते सूरज जैसा ही तेज और गर्व उनमें था।

लकड़ी, संठी, भूसा और उपले से चूल्हा फूँकते–फूँकते बहुओं की आँखों से आँसू बहने लगें पर मजाल जो घूँघट खिसके या आवाज़ सुनाई दे किसी भी पतोहू की। मुख्तार साहब के तीन भाइयों का परिवार एक साथ था। ये तो पतोहुओं के लिए थोड़ा सुकून था कि चूल्हे अलग–अलग थे।

कामिनी अपने ससुर के परिवार में इकलौती पतोहू थी। हालाँकि एक चुप–सी परछाईं जैसी पतोहू दूसरे परिवार की थी पर वह बात न करती। चूल्हे और बासन में जब उसके काम का कोटा पूरा हो जाता तो वह अपने लिए काम चुन लाती थी। या तो चक्की पे बैठ जाती या पूरे घर के कपड़े लेकर कुएँ की मोरी पर बैठकर पटकुन्नी से कूटने लगती।

कभी मूड में होती तो कामिनी को देखकर मुस्कुरा देती। पर उससे ज़्यादा कुछ नहीं करती।

वह भी तो चुप ही थी। पति दोंगे के अगले दिन ही वापस असम चला गया था।

पीछे वह छूट गयी, अजनबियों के बीच।

कामिनी के अन्दर बादल था, नया बना हुआ बादल। पर वह बरस नहीं पाया था। उसके बरसने में कई अड़चनें थीं। एक तो उसका ईंट–मिट्टी का बना हुआ चूल्हा ही था, जो उसकी देह के ताप को और सुखा देता, पर उसकी देह का बादल इंतज़ार करता। वह अपनी आन्तरिक उमस और घुटन से हलकान हो रही थी। उस रात नींद नहीं आ रही थी। चारों तरफ़ धुँधलका

महसूस हो रहा था। उमस में दम घुट रहा था उसका। न जाने उमस की कितनी अन्तर्कथाएँ थीं। वह उन कहानियों में खो गयी थी। वह उठी, सिंदूर लगाया, टिकुली लगाई, इत्र लगाया। लाल रंग की साड़ी पहनी और बिस्तर पर लेट गयी। उसे अच्छा महसूस हो रहा था। उसे लगा, वह बादलों पर लेटी है।

उस दिन सुबह-सुबह पूरे घर में हंगामा मच गया। शोर मच गया। नईकी दुल्हिन को भूत ने धर लिया। उसके ऊपर भूत आया है। भूत बरज़ोर (जबर्दस्त) है। अजबे भूत है...अइसा तो हम न देखे-सुने...ई खानदान में केकरो पर भूत-प्रेत नहीं आया...ई तो अजूबे बात है...कहाँ से लेके आयी ई भूत-प्रेत रे...

सबकी आँखें फटी हुई थीं जैसे आसमान में कई बार बादल फट कर छितरा जाते हैं।

कल रात का बादल था, उमस थी। पर अभी तो धूप थी। धूप एकदम निखर कर आ गयी थी। सूरज का ताप बढ़कर उसके चेहरे पर छा गया था। वह सँभाले नहीं सँभल रही किसी से। देह बेकाबू होती जा रही थी। कामिनी कुछ बड़बड़ा कर शान्त हो जाती और फिर बाल बिखेर कर कुछ-न-कुछ कहने लगती।

पूरा खानदान बड़की पतोहू के दरवाज़े पर इकट्ठा हो गया। दरवाज़ा पीटा गया, लेकिन दरवाज़ा तो खुला था। खुल गया। अन्दर पहले सास घुसी, देखा, बिस्तर पर बहू एकदम अस्त-व्यस्त कपड़े में पड़ी हुई है। लाल साड़ी, खुली पड़ी है। सिंदूर फैला हुआ है, इत्र की भीनी-भीनी खुशबू आ रही है। चादर सिमटी हुई है, न जाने कितनी सिलवटें हैं। कामिनी बेड पर चित लेटी हुई तड़प रही है। करवट लेना चाह रही है पर नहीं ले पा रही है। उसके दोनों ही हाथ फैले हुए हैं। पैर रगड़ रही है। मानो किसी ने दबोच रखा हो। सरकार साहब डर गयीं, अपनी पतोहू की हालत देखकर चीख पड़ीं। फिर मदद के लिए चीखीं—

''अरे आओ, देखो, कपरपुरावाली को क्या हो गया'' वे चीख रही थीं। देखते-देखते ही आँगन घर की औरतों से भर गया। वो अजीब-सी सुबह थी,

उमस के साथ धूप आ रही थी नीचे।

उसमें कामिनी की दबी-दबी पुकार और हँसी दोनों ही अपना सुर अलाप रही थीं। जैसे कोई सियार मद्धिम-मद्धिम रो रहा हो।

उस आवाज़ से हर कोई परेशान हो रहा था पर कानाफूसी के लिए ये आवाज़ बहुत थी। कामिनी के पोर-पोर में कुछ हो रहा था। घर की कानाफूसियों को दबाकर औरतों ने मिलकर उसे बिस्तर से उठाया। एक हिचकी आयी और वह उठते ही उनकी बाँहों में झूल गयी...

कानाफूसी और तेज़ हो गयी। कामिनी की पूरी देह पर नोंचने-खसोटने के निशान, ये निशान किसकी निशानी हैं। लाल-लाल लम्बी लकीरें, सिंदूर जैसे दहक रहा था पूरे कमरे में।

मँझले देवर को बुलाया। उसकी बलिष्ठ बाँहों को देखा कामिनी ने, आँखें खुलीं, और फिर बन्द हो गयीं। वह निढाल-सी गिर पड़ी। उसकी बेकाबू देह को उसने आज सँभाला। देह की ऐठन शान्त हो गयी। छटपटाती हुई गिलहरी एकदम काबू में आ गयी। देर तक देवर उसे सहलाता रहा। बच्चे की तरह बाँहों में लिये हुए। वहाँ से हटा नहीं। सरकार जी आग्नेय नेत्रों से यह सब देखती रहीं। लल्लन बाबू ने भौजी का इतना निष्पाप चेहरा पहली बार करीब से देखा था। उनका मन उनसे जुदा हो गया। उनका मन कविता-कामिनी में रमता था। कविता तो करते ही थे, अब कामिनी सामने थी, भूतबाधा से ग्रस्त।

दिन में फिर सब कुछ सामान्य रहा। कामिनी उसी तरह हँसती-बोलती रही और काम किया। चूल्हे के पास आकर सरकार जी की उसे देखने की हिम्मत नहीं हुई। उधर कड़ाही में सब्ज़ी पकती रही और सरकार जी मनाती रहीं कि कामिनी ठीक रहे।

देगची में दाल पक रही थी। सरकार साहब और मुख्तार को चूल्हे पर पकी हुई दाल का सौंधा-सौंधा स्वाद बहुत पसन्द है और कामिनी भी अब पूरी तरह पारंगत हो गयी है, यह दाल बनाने में। वह दाल बनाते-बनाते हँसती है। ऐसा नहीं है कि वह बाकी समय हँस नहीं सकती। अकेले में वह हँस सकती है, क्योंकि बात करने के लिए तो कोई है नहीं।

दाल को उबलते देखकर उसे अजीब-सी खुशी मिलती है। उसे ऐसा

लगता जैसे उसके मन के ही बुलबुले इस दाल में हैं। वह उनसे बात करती। जब तक दाल घुट न जाती, वह उसके दानों को देखती रहती। फिर उसे लगता कि ये दाने भी उसके बादल की उमस को बढ़ा रहे हैं। वह फिर बेकाबू हो जाती। उसके मन में कई बार काई जम जाती थी और वह कई बार फिसलती।

वह फिसलना नहीं चाहती थी। वह काई के नीचे के पानी को साफ़ करना चाहती थी। वह नदी बनकर बहना चाहती थी।

सरकार साहब कल रात से पतोहू को लेकर बहुत डर गयी थीं। उनकी सारी ठसक, पतोहू से सेवा कराने की ज़िद्द, सब कुछ कामिनी की हालत देखकर धरी की धरी ही जैसे रह गयी थी। जहाँ वह अभी कुछ दिन पहले बहू को पैर दबाने के लिए गाँव में ही रखने वाली थीं, अब सोच रही थीं कि वह भेज दे असम। बेटे के पास। आखिर जाना तो है ही।

"ठीक है, छठ पे इस बार भेज देंगे..." कहते हुए उन्होंने करवट बदली। उनके भारी शरीर से उनका पलंग चरमरा उठा। लाल साड़ी तो सरकार साहब को भी बहुत पसन्द थी। पर उनकी बात अलग थी। वे सरकार जी थीं। गोरी, अपने ज़माने में कइयों का सपना रही थीं। न जाने कितने लोग आते थे बाऊजी के पास हाथ माँगने के लिए। पर बाऊजी को तो मुख्तार जी ही जमे। कई दिन बाद वे कुबूल कर पायी थीं। पर कामिनी की बात अलग है। उसे भेज देंगे, उसके मरद के पास। पहले तो न जाने कितने-कितने दिन अपने आदमी के पास नहीं जाते थे, फिर चाहे कुएँ के पानी के पास बैठे-बैठे रात बिता दो, पर मजाल है कि सास के सामने मुख्तार जी से बात कर लें।

कई बार वे भी सिंदूर लगाकर ऐसे ही उठी थीं, जैसे रात में कोई उनके साथ रहा हो।

पर आँख खुलने पर कोई न था। और इतनी बेकाबू कभी नहीं हुईं कि किसी को बुलाना पड़े।

उधर वे अपनी बातों को सोचती थीं, रसोई से बर्तन-बासन समेटने की आवाज़ें आ रही थीं। बर्तन टकरा भी रहे थे, पर उन्होंने जल्द ही उस तरफ़ से अपना ध्यान खींच लिया।

रात को उमस से कामिनी फिर परेशान हो गयी। सिंदूर लगा लिया, इत्र

लगा लिया और खिड़की के पास बैठकर गाने लगी। वह क्या गा रही थी, किसी को नहीं पता था। पर गा रही थी। वह गा रही थी...

"अन्हरिया रात बैरनिया हो राजा..." बहुत दर्द था इस गाने में। न जाने कब उस दर्द को आगोश में भरे हुए वह सो गयी।

सुबह फिर हवेली में शोर था। बड़की पतोहू पर भूत आ गया। फिर सिंदूर में लिपटी हुई वह मिली। फिर बेकाबू-सी वह मिली। खुशबू से नहाई हुई, सिंदूर से लिपटी देह को काबू में करने के लिए इस बार देवर को बहुत कोशिश करनी पड़ी। सरकार जी आज डर गयी थीं बहुत। उनके डर ने उनके चेहरे को अपनी पकड़ में ले लिया। उनका गोरा चेहरा फक सफ़ेद पड़ गया।

देवर यानी लल्लन बाबू ने अपनी माँ को बहुत समझाने की कोशिश की कि भौजी को डॉक्टर को दिखा लाएँगे, शहर भेज दीजिए। हाजीपुर में भुटकुन चचा का डेरा है, वहीं रहकर इलाज करवा लेंगे भौजी का। भौजी को कोई भूत-प्रेत नहीं पकड़ा है, कोई बीमारी होगी। शहर जायेंगी तो इलाज से ठीक हो जायेंगी।

सरकार जी कहाँ सुनने वालीं।

"बड़ा आया इलाज करवाने वाला...भूत-प्रेत का कहीं डॉक्टर से इलाज होता है..." लल्लन बाबू को माँ का यह व्यवहार बहुत क्रूर लगा। वे समझ रहे थे कि भूत-प्रेत के नाम पर भौजी की बलि चढ़ जायेगी। ये अंधविश्वासी लोग जान लेकर छोड़ेंगे। बड़के भइया पक्के माँ के भक्त हैं, किसी की बात नहीं सुनेंगे। लल्लन बाबू गिड़गिड़ाते रहे माँ के आगे लेकिन सरकार जी ने ओझा की शरण ली।

अपने पिटारे में जिन्नों की कहानी को लेकर आया था ओझा। ठिगने कद के काले, और चेचक के दाग वाले ओझा ने जिन्न की मौजूदगी की कहानियाँ बना डाली थीं। उन कहानियों में जिन्न थे, भूत थे, चुड़ैलें थीं। और थे कई उसके साथी। डरी-सहमी कामिनी को ओझा के दरबार में लाया गया। वह तो बासन धो रही थी। उसे तो दिन में साँस लेने की फ़ुरसत ही नहीं थी, फिर वह आज ऐसे, और वह भी दूसरे मरद के सामने?

"अरे ई ओझा हैं, इनसे डरना कैसा?"

ओझा ने उसके साँवले पड़ते गेहुँए रंग को ध्यान से देखा। उसके शरीर के हर तिल और मस्से को देखा।

उसने गहरी साँस ली। बर्तन धोते हुए उसके हाथों में राख-मिट्टी भर गयी थी, उसकी भी गंध उसकी नाक में घुस गयी। उसकी गंध ने शायद उसकी गंध की सीमा तय कर दी थी।

ओझा उस दीवार से डर गया था, और डरकर आँखें बन्द कर उसके रोग का अध्ययन करने लगा।

"सच-सच बता...कौन है तू...क्यों इस औरत को तंग कर रहा है... क्यों...बता...क्या चाहता है... ?"

कामिनी काँप रही थी। वह हिलने लगी थी। वह झूमने लगी। मुँह से गोंगियाने की आवाज़। सब लोग ये हालत देखकर डर गये। ओझा ने मंत्र पढ़ कर पानी के छींटे उसके मुँह पर मारे। कामिनी को झटका-सा लगा। वह थोड़ी सचेत हुई। खुद को नियंत्रित करना चाहती थी पर रुलाई फूट गयी। हिचक-हिचक कर रोने लगी।

"नखरे मत कर...बता कौन है तू...ऐसे नहीं मानेगा..."

उसने कामिनी के बाल पकड़ लिये ज़ोर से। वह चीख पड़ी।

माई गे माई...करुण कराह घर को चीरती हुई दालान तक जा रही थी।

"सरकार जी, ये बताइए, क्या दुल्हिन जी कभी पोखरा के किनारे शाम को गयी थीं। साज-शृंगार करके। बाल खुले करके..."

सरकार जी अनभिज्ञ थीं। उन्होंने इनकार में सिर हिलाया।

"हो नहीं सकता...आप लोग पता करिए...ये एक शाम गयी थीं...पूरे गाँव को पता है कि बिसनटोला के पोखरा और वहाँ खजूर के पेड़ के आस-पास कोई शाम या रात को नहीं जाता...काहे गयी थीं दुल्हिन..."

कामिनी की चेतना लुप्त हो रही थी। घर के सब लोग हैरान हो रहे थे कि इतने कड़े परदे में रहने वाली नई पतोहू पोखरे तक गयी कैसे। कौन ले गया होगा। अकेली कैसे हिम्मत करेगी। माजरा किसी को समझ में नहीं आ रहा था।

चेतना खोते-खोते भी कामिनी को लगा, वह पोखरे के जल में अपना

चेहरा देख रही है। बाल खोल लिए और ठठा-ठठा के हँस रही है...खजूर के पेड़ों के घने साये में दौड़ रही है...दूर-दूर तक कोई नहीं।

ओझा ने कहा, ''दुल्हिन पर आशिक जिन्न का कब्ज़ा है,'' और ऐसा कहते हुए उसने फिर से उसके सारे तिल देखने की तमन्ना की।

''आशिक जिन्न है जो रोज़ रात को उसके साथ हमबिस्तर होता है...'' इसका खुलासा होते ही हवेली में हड़कंप मच गया।

''अरे, नइकी दुल्हिन, कपरपुरावाली पे जिन्न का साया।''

''कैसी भूतैली लरकी दे दी हमें इसके माँ-बाप ने...रोगियाह बेटी थी तो रखते अपने पास, हमारे गले डाल दिया गे माई...''

सरकार जी विलाप कर उठीं। घर की अन्य औरतों ने छाती पीट ली। उस आँगन की सबसे चुप्पा पतोहू यानी वीरपुरवाली के होंठों पर हल्की हँसी आयी और विलुप्त हो गयी। वह तमाशबीन बनने की बजाय अपने कमरे में घुस गयी। इधर ओझा ने उपायों की एक लम्बी सूची दे दी सरकार जी को। उपायों की सूची में था—इनका इत्र लगाना बन्द, सजना-सँवरना बन्द...खासकर शाम को...रूम में इत्र न छिड़कें...भूत नहीं जिन्न है...जिन्न आसानी से पीछा नहीं छोड़ता...वो जान नहीं लेता पर बेदम करके छोड़ता है। और चित सोना बन्द। उस दिन से उस हवेली की सभी कुँवारी और अकेली औरतों के चित सोने पर रोक लग गयी।

उधर जिन्न के इस हमले के बाद सरकार जी बहुत ही सचेत हो गयीं। कामिनी क्या करे। क्या न करे। सब कुछ उनकी निगरानी में था। सोच रही थीं कि पतोहू को उसके नइहर ही भेज दें।

उधर कुछ औरतों ने समझाया कि बेटे को बुला लें, इतना तो ज़मीन-जायदाद है ही। क्या करना है और कमा कर। इधर सरकार जी ने सबको दहाड़ कर चुप करा दिया।

''अरे मरद है, बाहर कमाने गया है। यहाँ पे क्या धरा है, और फिर ले ही तो जायेगा कुछ दिन में। छठ पे भेज तो देंगे...''

इस तकरार में उन्हें कुछ कौंधा।

''सरकार जी...'' कामिनी ने डरते हुए सरकार जी को पुकारा।

"आप उन्हें बुला लीजिए न..."

आखिरी शब्दों को जैसे गले में ही घोंटते हुए कामिनी ने कहा था।

"क्या कहा? मरद के बिना अच्छा नहीं लगता क्या ससुराल? हम लोग तो आदमी को अपने पल्लू में बाँधकर नहीं रखते थे, जैसे तुम चाहती हो! बहुत हुआ! अभी कुछ दिन यहीं पर रहो, फिर ले जायेगा तुम्हें! अभी चार पैसा कमा ले, फिर ले जायेगा। दोनों भाइयों की पढ़ाई भी तो करानी है।"

कामिनी समझदार है, सास का इशारा समझ गयी।

"और सुनो दुल्हिन, लोटा और मरद बाहरे मँजाता है। समझ में आया कुछ, अभी होली और छठ पे आएगा मरद। जब तुम्हारा दोंगा (गौना) करा के लाया तो रहा था न तुम्हारे संग, ये समझ जाओ, औरतों को इतना ही मरद-मरद करना चाहिए। मरद को अँचरा में नहीं बाँधते। अँचरा में तो सिक्का ही बाँधना चाहिए। अब जाओ..."

सरकार जी अपना आँचल निकाल कर कोने में बँधे सिक्के दिखाने लगीं।

समझदार कामिनी सारा इशारा समझ गयी और अपने अन्दर की उमस पर लोटे से पानी उलीच लिया। वह चल पड़ी, मिट्टी के चूल्हे से एक मुट्ठी राख लेके। कुएँ पर सादी मिट्टी रखी रहती है...दोनों को मिला कर माँजेगी तो चमक जायेगा। लोटा माँजने...पीतल का लोटा हरिया गया था। लगता है पानी से खंगाल कर सब छोड़ देते हैं। वह अपने हिस्से का लोटा अलग से माँगेगी। तिलक में इतना पितरिया बर्तन सेट के साथ लोटा तो ज़रूरे आया होगा। एक भी बाहर नहीं निकाली हैं माता जी। मन करता है कि पूछे कि ऐ माता जी, का करिएगा एतना भारी-भारी बर्तन और परात...निकालिए न रसोई, भंसा घर में काम तो आएगा। दो बार आटा सानना पड़ता है, बड़का कठौती में, एके बार में हो जायेगा...

कठकरेज बुझाती हैं...तभी तो उसे कहा कि मुझे माँ जी मत कहना... सरकार जी कहना।

लोटा को माँजते-माँजते कपरपुरावाली बड़बड़ाती जा रही थी। लोटा पटकने से टनाटन आवाज़ आ रही थी। उसे लगा टनाटन की आवाज़ तेज़ हो रही है...कैसे...उसके हाथ रुक गये...कभी धीरे कभी तेज़ आवाज़ आती...उसने

भरी दुपहरिया में चारों तरफ़ नज़र दौड़ाई...बड़ा-सा प्रांगण था जो सिर्फ़ औरतों के लिए सुरक्षित था...कोई बाहर का मर्द या अजनबी नहीं घुस सकता था। इसी कुएँ पर सारी औरतें खुले में स्नान करतीं...कुएँ के पास केले के कई पेड़, गन्ने और पुदीने के पौधे थे, जो पानी बाल्टी से गिरता ये पौधे उसी से सिंचते थे...खुराक पाते थे।

कुछ देर वह इधर-उधर टोहती रही...कोई नहीं दिखा। आँगन के ठीक पीछे आम का बगीचा था। बहुत घने पेड़ थे। कोई तो करता था देख-भाल उसकी। पर वह आज तक दिखाई नहीं दिया था। कभी-कभी उसकी टेर सुनाई देती या चिल्ला-चिल्ली। चुप्पी पतोहू ने कभी देखा नहीं था उसे...

कामिनी को दोंगा कर आये हुए दिन ही कितने हुए थे और उस पर ये आशिक जिन्न?

कामिनी रात को खिड़की खोल देती थी। तो क्या जिन्न उसी से आया? रात को उसे जुगनू देखने बहुत पसन्द थे। झींगुर की आवाज़ें उसे भाती थीं। वह उन्हें सुनती रहती, फिर अपनी पायल की झंकार बजाती। फिर न जाने किस भाव से आलता लगा लेती, मेहंदी लगाने का मन होता, तो मेहंदी के पत्ते ले आती, उन्हें पीसती, सिल को लाल रंग में रंगे हुए देखती। और फिर अपने सिंदूर का लाल रंग देखती। दोनों को मिलाती और फिर न जाने कैसे वह हरसिंगार बन जाती।

रात को कमरे की खिड़की खोलती, जो गाछी की तरफ़ खुलती थी। अँधेरा पसरा रहता...इसके ज़ेहन में भरता जाता। लगता कोई साया आम के पेड़ों को हिला रहा है। वह देखने की कोशिश करती, पर वह डर जाती। सोचती पति को चिट्ठी ही लिख दे, रात, जिन्न और अपने बारे में बताये। खिड़की बन्द करती तो कमरे में घुटन महसूस होती। क्या करे? क्या करे? तो क्या इसीलिए जिन्न आया था? उससे बातें करने के लिए? उसके मन की गाँठ खोलने के लिए?

कई बार साया दिखाई देता उसे। उसे लगता कि कोई साया उस पर नज़र रख रहा है। उसके आस-पास मँडरा रहा है। उसे डर नहीं लगता। खिड़की खोल देती कि वह साया आकर सीधे उससे बात कर ले। वह साया

बचता क्यों है, क्या वह सचमुच उस पर फ़िदा है, यह सोचकर एक पल को शरमाई। लगा कि खुद को आपादमस्तक (सिर से पैर तक) आइने में देख ले एक बार। पर ठिठक जाती। कान में बचपन की कुछ आवाज़ें नेपथ्य से आतीं...''आपकी बेटी बहुत सुन्दर है रामसुभीता बाबू, किसी आन्हर-कान्हर के हाथ में न दे दीजिएगा।'' शादी के बाद तो वह भूल ही गयी थी कि वह बहुत सुन्दर है और उसके पिया के शरीर पर भालू जैसे काले-काले बाल, जो अभिसार के क्षणों में शूल बनकर चुभते रहे हैं उसे। ''और कोई फ़िदा नहीं हुआ, भूत-प्रेत ही बचा है क्या फ़िदा होने को ?'' वह खुद से सवाल पूछती और खिड़की के बाहर गाछी के अँधेरे को घूरती रहती।

मन की बात करे किससे। कौन है जो सुने उसकी बात। सरकार जी का खौफ़ ऐसा कि दोनों देवर बाहर ही बाहर गायब रहते हैं। वह तो उनसे भी बात नहीं कर सकती। एक, दिन भर अंग्रेज़ी किताबों में डूबा रहता है, और छोटा वाला अपने ही ज़ीट जाट (ठाट-बाट) में। कई बार वह सोचती कि किसी किताब की तरह उसे खोल कर लल्लन पढ़ता क्यों नहीं। जब देखो, अंग्रेज़ी की कोई किताब लिए घूमता रहता है जैसे सबको अपनी पढ़ाई के रौब में ले लेगा। न वह किताब हो सकी न मुकम्मल इन्सान।

उसके लिए तो केवल चूल्हा है, बासन है, देगची में खौलती हुई दाल है। आम का पेड़ है, उसका अँधेरा है...

हवेली अभी जिन्न के हमले से उबरी भी न थी कि एक और हमला उस पर हुआ और उस हमले से हिल उठा हर कोई। मुख्तार जी तो अभी जिन्न को ही सही से पहचान नहीं पाए थे कि कौवा काँव-काँव करता हुआ मेहमान के रूप में तबाही ले आया।

मँझला देवर गायब था। वही जो अपनी बाजुओं से थामकर जिन्न को उसकी देह से नोचकर फेंक देता था, वह गायब था। तो क्या जिन्न उसे भी अपने साथ ले गया? या जिन्न ने बदला ले लिया?

सरकार जी सुबह से ही उसे कोस रही थीं। क्यों ब्याह कर लाए, क्यों दोंगा किया? और अगर किया भी तो जिन्न को थामने के लिए मँझले देवर को ही क्यों बुलाया?

पुलिस में खबर लिखवाई, खोजबीन शुरू की। कानाफूसी से पता चला कि लल्लन बाबू आजकल भूत-प्रेतों वाली किताबें खोजते थे।

घर में हाहाकार मच गया। रोना-पीटना शुरू हो गया। कामिनी को लगा जैसे वह ही इन सबकी ज़िम्मेदार है। सरकार जी ने उसे ही मारना शुरू कर दिया। सरकार जी ने कितनी बार गरम माँड़ वाली कठौती उसकी तरफ़ फेंकी होगी, गरम रोटी फेंकी होगी उसकी तरफ़, अब तो कामिनी को भी ध्यान न होगा।

सरकार जी की छोटी गोतनी (देवरानी) ने तो कई बार दबी जुबान में टोका भी कि क्यों आप सौतिन का खीस (गुस्सा) कठौती पर उतार रही हैं। सरकार जी बौखला जातीं। आँगन में मातम पसर जाता। कामिनी को लगता कि वह खुद भी भूत बनती चली जा रही है। ज़िन्दा भूतों के बीच फँस गयी है।

कामिनी का मरद छुट्टी लेकर आया। मुख्तार जी और बड़े बेटे की भागदौड़ से पुलिस ने थोड़ी सक्रियता दिखाई और काफ़ी तहकीकात के बाद इसे अपहरण का नहीं, मर्ज़ी से गायब होने का मामला करार दे दिया। मगर सरकार जी को एकदम यकीन था कि यह काम उसी आशिक जिन्न का है, जिसने कामिनी के शरीर पर कब्ज़ा जमाया था। कामिनी सुनती रही।

वह अपने बनाए दायरे में और सिमटती रही। किसी ने कहा, "दोस्तों ने मारकर उसे रेल पटरी पर लिटा दिया था। किसी लड़की से कोई चक्कर था। उसके भाइयों ने ऐसा किया।"

"अरे किसी ने कुछ नहीं किया है, अगर किया है तो उसी जिन्न ने, कोई नहीं है, इसके पीछे, अगर कोई है तो ई मुँहझौंसी कपरपुरावाली!"

"सरकार जी, ये आज के ज़माने में कैसी बातें कर रही हैं! भला जिन्न होते हैं क्या?" पुलिस इंस्पेक्टर ने कहा।

"होते हैं, आप इस ओझा से पूछिए, इसके शरीर पर जिन्न आता था, इसका आशिक है जिन्न! अब इसका मरद साथ नहीं रहता, वह जिन्न रहता है, अरे खा गयी, मेरे बेटे को, अब दूसरे को खाएगी! अरे किसी को पकड़ना है तो इसे पकड़ कर ले जाओ, ये ही है अभागन..."

"सरकार जी, अंतिम बार लल्लन बाबू अपने दोस्तों के साथ सरैया चौक

पर देखे गये थे। दोस्तों के साथ हँसते-बोलते जा रहे थे। पता चला है। अब वे कहाँ गये, क्या हुआ ये तो तहकीकात के बाद ही पता चल सकता है न!''

दारोगा जी ने समझाने की कोशिश की।

घर में गहरा सन्नाटा छा गया है। एकदम शान्त हो गया है घर। उस शान्त घर में अँधेरों में कैद कामिनी लल्लन की आखिरी बातों को ध्यान कर रही है।

'भाभी, तुम उबालती रहना इस देगची में दाल, और देखना मैं क्या करूँगा?'

देगची में अभी उबाल नहीं आया था और वह दानों से बातें ही कर रही थी।

'अरे क्या करेंगे?'

'अभी नहीं बता सकता, पर कुछ ऐसा कि एक धमाका होगा! और तुम देखना, वह दिन जल्द आएगा, कहो तो तुम्हें भगा ले जायें।'

'हम कहाँ जायेंगे घर-दुआर छोड़कर बउआ जी...अभी तो आपकी सादी-वादी भी करनी है न हमें...आपके पाँव में बेड़ी बाँध देंगे फिर देखते हैं कहाँ भागते हैं आप पगहा तुड़ा कर।'

वह हँस पड़ी। लल्लन को लगा जलतरंग बजा कहीं। कितना सुन्दर हँसती हैं भौजी। मन में उदासी छाई। अपनी कविता तो बचा लेगा किसी तरह, कामिनी नहीं बच पायेगी उसकी।

वह ठुनका, 'मत भागो, ले जायेंगे किसी दिन उड़ा के...देखना...आयेंगे लेने आपको...हमको नहीं रहना ईहाँ...नहीं पिसना घरेलू चक्की में...हम तो बहता पानी हैं भौजी...बहो हमारे साथ...नहीं तो देखना, धमाके में बहा ले जायेंगे...।'

'ओह, लल्लन...तुम ये धमाका करने जा रहे थे।' उसके मन में भी मरघट जैसा सन्नाटा छा गया।

संदिग्ध दोस्तों की खोज हुई। केस किया गया। दोस्तों ने कहा कि लल्लन बाबू बहुत उलझे-उलझे से थे।

और स्टेशन की तरफ़ गये थे। वे शहर की तरफ़ जा रहे थे। कह रहे थे कि ज़रूरी काम से जा रहे हैं। जल्दी ही कुछ धमाका करने वाले हैं। बताया नहीं कि क्या करने वाले हैं। अक्सर कहा करते कि वे ऐसी ज़िन्दगी नहीं जी सकते।

सरकार जी सन्नाटे में। कैसी ज़िन्दगी चाहता था उनका बेटा।

कामिनी की तरफ़ से अब सबका ध्यान हट गया था। दुख में डूब गये थे सब। सरकार जी का दिल कह रहा था कि बेटे को किसी बात की कमी नहीं थी, आखिर वह घर से क्यों भागेगा। अच्छा-खासा बी.ए. कर रहा था। इंग्लिश पढ़ रहा था। विदेश जाने के सपने देखा करता था। वो क्यों भागेगा। उसे भगाया गया है, जिन्न ने मारा, या दोस्तों से मरवाया होगा। ऐसे तो कुछ हो नहीं सकता, वह खुद को नहीं कुछ कर सकता था। फिर उसे क्या हुआ? नहीं-नहीं!

और कामिनी को लगा कुछ खो गया। जब से जिन्न को उसने काबू किया था तब से उसकी दोस्ती हो गयी थी। वह बहुत समझाता रहता। दिन में अक्सर कमरे में आने लगा था। अकेले बात करने लगा था। जितनी देर कमरे में रहता, हँसी बाहर आती रहती।

सबसे छोटा देवर शरमाता था। बहुत ही कम-कम मिलता-जुलता। पर लल्लन तो बहुत मनलग्गू था। अंग्रेज़ी की बातें खूब बताता। जिन्न को उसने कैसे काबू में किया, उसे किस्से सुनाता, उसकी आम के पेड़ की बातें सुनकर हँसता। लोटपोट हो जाते दोनों ही ये बातें करके। पर वह क्यों चला गया? और ऐसे? क्या उसे यही धमाका करना था? उसे उसकी बातें याद आतीं, उसकी वे बाजुएँ याद आतीं जिनसे वह जिन्न को भगाता था। उसे ऐसा लगा कि मानो फिर से जिन्न उसकी छाती पर बैठ गया हो। और वह घुट रही है, दब रही है।

पर आज उसे बचाने वाला कोई नहीं था। जो था वह न जाने कहाँ चला गया। और पति को इस दुःख में उसके पास आने की ज़रूरत ही क्या थी। उसे उसकी माँ और उसके काम से फ़ुरसत कहाँ थी?

धीरे-धीरे इस घटना को चार महीने बीत गये। कामिनी के पति असम चले गये। उनके जाते ही फिर कामिनी को दौरे पड़ने शुरू। वही जिन्न का किस्सा, जिन्न आया, उसके शरीर पर कब्ज़ा किया। झाड़-फूँक हुई। आशिक मिज़ाज जिन्न, पीछा छोड़ ही नहीं रहा था। धीरे-धीरे फिर से किस्से गूँजने लगे। उसने उमस का घूँघट ओढ़ लिया था।

वह भी जेठ की रात थी। बहुत तेज़ गर्मी थी। उस गर्मी में गाँव में अभी भी ठंडक रहती है। उस गर्मी की रात में सब थे। कामिनी भी छत के कोने में ओट लेकर बैठी थी, आँगन की कुछ औरतों के साथ। खुले में सोती नहीं, गरमी में ठंडी हवा लेने छत पर आयी। झाड़-फूँक करवाना भी छोड़ दिया था सास ने। रोज़ सुबह वह उसी तरह तड़पती, चीखती हुई मिलती। अब वह थोड़ी देर में शान्त होने लगी थी। वह बहुत उग्र होने लगी थी। कमरे में उठ कर सामान फेंकने लगती...सब उससे दूरी बनाने लगे थे।

सरकार जी उसे मायके भेजने की पूरी प्लानिंग कर चुकी थीं। बेटा साथ नहीं ले जाना चाहता। वह बोलकर गया था कि इसे यहीं रखो, सँभालो, ज़रूरत हो तो डॉक्टर को दिखा देना...पैसे की दिक्कत न महसूस करना। पैसे भेजता रहूँगा। समय होता तो खुद ही दिखा देता। लेकिन उसके सामने एक बार भी जिन्न नहीं आया उसकी देह पर।

कामिनी अब खोई-खोई रहने लगी थी। मुरझा रही थी। वह देख रहा था पर असहाय था। असम में पहले क्वार्टर खोज ले फिर परिवार को ले जायेगा। प्लानिंग साल भर बाद ले जाने की थी। तब तक माँ को पतोहू का सुख मिल जाये। यहाँ तो माँ कुछ और ही प्लान कर रही थी। बहू को मायकेवालों के माथे मढ़ने की फिराक में। चिट्ठी भिजवा दी थी कि छठ के बाद आकर ले जाएँ।

सब कुछ सरकार जी के मन में एकदम साफ़ था, उनके मन की चालों को कुछ हलचलों से विराम मिला। जैसे स्पीड ब्रेकर आ गया हो, जहाँ पहले वे बहू को छठ पर बेटे के पास भेज रही थीं, अब वे मायके भेजने पर तुल गयी थीं।

वह अमावस की रात थी। स्याह अँधेरी रात। करिया कुचकुच रात। सबके सब गरमी से राहत के लिए छत पर डटे हुए थे। चुप्पी पतोहू यानी रजौली वाली कामिनी को आँगन में अकेले बैठे देखकर कमरे से निकली। लालटेन की हल्की रौशनी में उसका चेहरा दिपदिप जल रहा था।

"चलो छत पर...ईहाँ काहे गरमी में सीझ रही हो..."

"हम इहें ठीक हैं..."

"अगोरिया (देखभाल) कर रही हो का..."

वह रहस्यमयी ढंग से मुस्कुरा रही थी। कामिनी ने नोटिस किया कि उसकी आँखें ठंडी और बेजान थीं।

छत पर अचानक हलचल होने लगी। शोर उठा। दोनों भाग कर छत की सीढ़ियाँ चढ़ गयीं।

गाछी के बगलवाले खेत में छोटी-छोटी लाइट्स दिखाई दे रही थीं। अनेकों बत्तियाँ जल रही थी। भुक भुक...हिल रही थीं हवा में...दूर थीं पर लग रहा था कि घर की तरफ़ बढ़ती चली आ रही हैं। घर के सारे लोग घबरा गये। हो न हो डाकू आ गये गाँव में। घर डाकू-डाकू के शोर से भर उठा।

मुख़्तार जी ने कहा, "डाकू बिना सूचना के नहीं आते...वे पत्र लिखते हैं...फिर आते हैं...पता करो, कोई और बात..."

सरकार जी ने कहा, "अन्हरिया रात में बिना बताये भी डकैत आ जाते हैं, आजकल किसी का दीन-ईमान नहीं रहा..."

"ज़रूरी नहीं कि डाकू हमारे घर ही आ रहे हों, गाँव में और भी तो घर हैं, हमारे यहाँ से ज़्यादा कमानेवाले मरद जोगी बाबू के घर में हैं, वहाँ जाते होंगे..."

किसी ने कहा।

"कई बार डाकू डकैती करके नदी किनारे से गुज़रते हैं...डरिए मत... शान्त रहो...चुपचाप...जैसे हम लोग घर पर हैं ही नहीं..."

यह सबसे छोटे देवर की आवाज़ थी।

किसी की हिम्मत न हुई, कोई घर से नहीं निकला, सब छत पर पत्थर-ईंट के टुकड़े लेकर बैठ गये कि डाकू नीचे आएँगे तो उन पर पत्थर बरसाएँगे...छत पर खूब जमा कर लिया सबने। कामिनी नीचे भागी...कुछ औरतें अपने गहने जहाँ-तहाँ छिपाने लगीं। गले से चेन खोली, किसी ने बुंदे...किसी ने कंगन... सरकार जी के कहने के बावजूद कामिनी ने अपने गहने नहीं खोले। दहशत का माहौल हो गया। कामिनी ने सुना, चुपचाप सीढ़ियाँ उतर गयी। बत्तियाँ जलती रहीं...पास आने का भ्रम होता रहा...सब डाकू के आने का वेट करते रहे...कोई काँप रहा है तो कोई प्रार्थना बुदबुदा रहा है...इस मौसम में डाकुओं का आना, अटपटा लग रहा था। देर हो गयी, डाकुओं ने लगता है खेत में डेरा

डाल दिया है। थोड़ी देर में देखा...कुछ लोग हाथ में लालटेन लिए चले आ रहे हैं। सब सतर्क हो गये...ईंट-पत्थर बरसाने के लिए...छत पर लाइटें कम कर दीं...चोरी की बिजली गायब थी। कभी-कभार आ जाती...आज वो भी गायब। छत पर सरगर्मी बढ़ गयी...

लोगों के मुँह खुले रह गये...जब नीचे पहुँचे लोग शान्ति से आकर खड़े हो गये। लालटेन की रोशनी में देखा। कुछ विदेशी महिलाएँ, विदेशी मर्द और उन सबके साथ विचित्र वेशभूषा में लल्लन बाबू। सबके बाल बेतरतीब, लम्बे। लगता है कई दिनों से नहाए-धोए नहीं। फटी हुई ब्लू पैंट और आँखें जैसे लाल दरिया।

"लल्लनवा..."

"माय, अब हम तुम्हारे बेटा नहीं रहे, ये मेरी दुनिया है, इसी में हम हैं..."

"लल्लनवा...क्यों किया रे ऐसा...क्या ज़रूरत...हमको बता तो जाता..."

सरकार जी दुख से विलाप कर उठीं। मुख्तार जी को काठ मार गया। उनके मुँह से बोल ही न फूटे।

पट्टीदारी के लोग सारा माजरा देखकर हैरान थे।

"भइय्या...आप हिप्पी हो गये..."

छोटा भाई चिल्लाया।

तब तक मुख्तार जी थोड़ा सँभल गये थे।

"अब क्यों आये हो यहाँ दलबल लेकर, मरे हुए लौटा नहीं करते...अशुभ होता है..."

"हम आप लोगों को कुछ बताने आये थे। एक तो ये कि हम ज़िन्दा हैं और अपनी अलग दुनिया चुन ली है..."

वह चुप रहा। उसकी आँखें घरवालों की भीड़ में कुछ खोजने लगीं...

"और..."

मुख्तार जी के गले से ये शब्द मुश्किल से निकले। लल्लन के मुँह से बोल नहीं फूटा...

"जाने दीजिए...विदा, बाय-बाय...ज़िन्दा रहा तो फिर मुलाकात होगी..."

सारे विदेशी लल्लन के साथ हो लिये। उनके चेहरे भावहीन थे। उनके

लिए यह भाषा और माहौल दोनों अबूझ थे।

सरकार जी "लल्लन-लल्लन ..." पुकारती रहीं। मुख़्तार जी ने उन्हें पकड़ लिया कि कहीं बेटे के पीछे दौड़ न जायें। लल्लन के साथ जाती हुई विदेशियों की जमात कुछ गाती हुई जा रही थी...जिसे थोड़ा बहुत स्कूली बच्चा पकड़ पाया...

"लिविंग दिस वे, विदाउट ज्वाय, विदाउट टॉर्चर, आई डू रिमेंबर द पास्ट ईयर्स...एंड यूअर सिलवरी हैंड्स..."

सुर धीरे-धीरे अँधेरे में विलीन हो गये।

उस रात पूरे घर पर अमावस्या की गहरी परत चढ़ गयी।

उस रात सरकार जी को इतना सुकून आ गया कि उनका बेटा ज़िन्दा है। जिन्न ने मारा नहीं है। कभी-न-कभी घर लौट आएगा। मुख़्तार जी ने कलेजे पर पत्थर रख लिया। उस रात आँगन में उसी घर में रहनेवाले पट्टीदारी के लोग अलग-अलग तरह की बातें सोच रहे थे। तरह-तरह की बातें, अफ़वाहें, अनुमान थे। सरकार जी रोती-बिसूरती और कपरपुरावाली को ठिकाने लगाने के बारे में सोचती जातीं। उन्हें लगने लगा कि इस पतोहू के रहते घर से अपशकुनी छाया कभी न हटेगी। बड़े बेटे को भी इस जिन्न की महबूबा से निजात दिलाना ज़रूरी है नहीं तो उसको भी खा जायेगी। जब भूतहा मकान में नहीं रहा जा सकता तो भूतैली औरत के साथ बेटा कैसे जी सकता है...पर कामिनी का क्या किया जाये? उसे कहाँ भेजें? वह रात सदियों की रात पर भारी थी। सबके लिए। कामिनी अपने कमरे में बेखबर बैठी थी। गाछी की तरफ़ खुलने वाली खिड़की रात भर खुली थी।

सुबह, मुँह अँधेरे सबसे पहले पिछवाड़े से गुज़रते हुए आँगन की किसी औरत ने देखा। कपरपुरावाली रात में खिड़की खोल कर कभी सोती नहीं। घर सुबह-सुबह ही चीख-पुकार से भर उठा।

कामिनी गायब थी।

जिन्न उसे उठा ले गया है? ओसारे पर लोटा चमक रहा है। घरवाले चीख रहे हैं... "कामिनी...कामिनी..."

गाछी का रखवाला अकेलापन काटने के लिए कोई अजीब-सा गीत गा

रहा है। घर की सबसे चुप्पी पतोहू, रिश्ते में गोतनी वीरपुरवाली अपने कमरे की चौखट से बाहर निकली। कामिनी का चमचमाता लोटा खोज रही है। आँखों में पहली बार इतनी चमक और जान दिखाई दे रही है। लोटा लेकर कुएँ के पास पहुँची और गड़प्प...लोटा कुएँ के तल में चला गया।

वह बिसनटोला के पोखरा की तरफ़ बढ़ी चली जा रही है। रास्ते में ही बाल खोल लिए...लोल (होंठ) रंग लिये, आँखों में काजल, बड़ी-सी बिन्दी और इत्र छिड़कती हुई वह पोखरा के पास जा खड़ी हुई। पानी थिर है। अपना चेहरा वह साफ़-साफ़ देख रही है। पानी में जो चेहरा दिखा, उसे देखकर वह दंग रह गयी। वह उसका चेहरा तो नहीं था। वो कोई और स्त्री थी, जो उसमें रहा करती थी।

कंकड़ उठाया और चेहरे पर दे मारा, शाम गहरा रही थी। खजूर के पेड़ हौले-हौले हिल रहे थे।

वह ठठाकर हँस रही थी।

आवाज़ दे कहाँ है...!

नैंसी के कदम आज फ़्लैट से बाहर निकलते समय रुक गये। वैसे तो कल जब से उसने वह पोस्टमार्टम रिपोर्ट बनाई है, तब से ही उसका मूड खराब है, ऐसा लग रहा था उसे जैसे बहुत कुछ खो-सा गया है। उसे कुछ अधूरापन-सा लग रहा था। अजीब-सी उदासी उसके जी में छाई थी। पर काम पर तो जाना ही था। जैसे ही वह बाहर निकली, और लिफ़्ट की तरफ़ बढ़ी, सामनेवाले फ़्लैट से मुकेश के गाने की आवाज़ आयी, "एक दिन बिक जायेगा माटी के मोल..."

अरे, आज रफ़ी की जगह मुकेश के गाने...

ये कैसा रहस्य है? लिफ़्ट से उतरते हुए ये तीन मंज़िले भी उसे तीन कोस का सफ़र लग रही थीं। जब से वे लोग यहाँ पर आये हैं तब से यह फ़्लैट उसके लिए एक पहेली है। पहेली भी नहीं उसके लिए एक ऐसा रहस्य है जिस पर काले रंग का पर्दा है।

नैंसी को यहाँ आये हुए कुछ ही महीने हुए हैं। वह अपने बजट में ग्रेटर नोएडा में कम रिहायश वाले इस इलाके में अन्तिम मंज़िल पर यह फ़्लैट खरीद सकी है। जहाँ एक बार माँ आर्थिक रूप से खोखली हो गयी उसे डॉक्टर बनाने में, वह खोखली हो गयी, इस फ़्लैट को खरीदने में। बहुत मुश्किल से खरीद सकी थी, इतने एकान्त कोने में यह फ़्लैट।

जब वह आयी थी तो माँ ने मना किया था कि इतने सुनसान इलाके में फ़्लैट लेना खतरे से खाली नहीं है, पर उसे तो अपना बजट भी देखना था और

फिर जिस सरकारी अस्पताल में उसकी नौकरी है वह यहाँ से बहुत पास है। बाकी सोसाइटी उसके अस्पताल से बहुत दूर थीं, और उसकी आधी सैलेरी तो आने-जाने में ही खर्च हो जाती, उसके पास बचता क्या? और उस पर माँ की ज़िद कि कुछ सालों में शादी भी करनी है। तो उसे सबके लिए पैसे चाहिए थे। इन्हीं सब बातों के चलते उसकी तलाश इस सोसाइटी पर खत्म हुई थी, पर यहाँ का सन्नाटा?

और यहाँ की रहस्यमय आवाज़ें?

उसके कान बचपन से ही कुछ ज़्यादा सुनते हैं। जब वह छोटी थी तब छुप्पन-छुपाई में हल्की-सी फुसफुसाहट से ही अपनी सहेलियों को ढूँढ़ लेती थी। न जाने क्यों उसके कानों को वह सब सुनाई पड़ता था जो और किसी को नहीं सुनाई पड़ता था। ऐसे में कई बार माँ से थप्पड़ भी खाया था। न जाने किस-किस की बातें माँ को सुनाती और माँ को लगता कि वह चुगलखोरी कर रही है।

जब से इस फ़्लैट में आयी है, तब से अजीब-सी फुसफुसाहटें पूरे फ़्लोर पर तैरती हुई लगतीं। उसे ऐसा लगता कि न जाने अजीब-सी आवाज़ें उसके फ़्लैट के चारों तरफ़ फैली हुई हैं, उसके घर को ध्वनि तरंगें घेरे हुए हैं, फुसफुसाहट, हँसी, बेचैनी, कुंठा, लड़ाई सब कुछ। क्या नहीं था? हर तरह की वायु तरंगें थीं। कभी-कभी उसे लगता कि ध्वनि तरंगें उसका पीछा कर रही हों, उसके बिस्तर में! वह चादर ओढ़कर सोने की कोशिश करती, और उसे कोई हँसी उठा देती। यह सब क्या था? वह रात में निकल जाती, उसके सामनेवाले घर में से आहटों का साया उसके सामने आ जाता! वह करीब जाती, उसके मैले, ज़ंग लगे ताले को बार-बार छूकर देखती, महसूस करके देखती कि आखिर है क्या? आखिर क्यों ये आवाज़ें हैं? यह क्या रहस्य है?

माँ के बुढ़ापे और कमज़ोरी को ध्यान में रखते हुए नैंसी ने उनसे कुछ नहीं कहा।

हालाँकि वह कहना चाहती थी। पर कह न सकी। वह माँ से कहना चाहती थी कि आवाज़ें उसका पीछा करती हैं, और कभी-कभी उन आवाज़ों में उसे एक निराशा दिखती। जीवन से निराशा और कभी-कभी वीभत्सता।

वीभत्सता में वह डर जाती। उसे भयानक लगता, और वह जब उस भयानकता को महसूस करती तो अन्दर तक सिहर जाती।

उफ़, वे आवाज़ें...!!

लिफ़्ट रुक गयी थी नीचे।

वह वहीं बैठी रही। अभी गाड़ी अस्पताल से आयी नहीं थी। वह रोज़ ही इस समय इन आवाज़ों को महसूस करती थी। आज वहाँ पर हलचल में कुछ उदासी-सी थी। रोज़ तो उस सामने वाले फ़्लैट में ताज़गी वाली हलचल होती थी। आज न जाने क्यों उसे हलचलों में कुछ कमी लग रही थी।

जब वह इस फ़्लैट में आयी थी तो उसे डर लगने लगा था।

क्या रहस्य था ताले में बन्द उस फ़्लैट का? आखिर उसमें जो उठापटक होती थी वह किसी को सुनाई क्यों नहीं पड़ती थी? गार्ड से उसने कई बार इन हलचलों के बारे में बात की। पर वह हँस पड़ा था। उसे लगा कि जैसे उसने कोई वाकई में हँसने वाली बात कर दी थी। रात में जब उसकी रात की रानी महका करती तो उसे लगता कि उसके सामने वाले फ़्लैट में उसकी खुशबू का स्वागत किया जाता था। वह उस उपस्थिति की कल्पना से ही सिहर उठती थी। आखिर कौन था? और ताले में बन्द हलचलों से वह हलकान हो जाती थी। कई बार उसने दरवाज़े पर दस्तक दी "कौन है? कौन है अन्दर?"

पर उसे जवाब कुछ नहीं मिलता। उसे ऐसा लगता कि जो भी कोई था, वह तितर-बितर हो गया। आहटें बन्द हो गयीं, हलचलें बन्द हो गयीं।

एक असहज-सी शांति छा गयी।

रात के अँधेरे का साम्राज्य छा गया।

पर सुबह होते ही हलचलें ज़िन्दा हो गयीं। वे हलचलें उसके जीवन का हिस्सा बन गयी थीं। वे हलचलें उसे डराती थीं, पर वे उसके साथ रहती थीं, रसोई में क़ाम करते समय, फ्रिज से पानी निकालते समय उसे लगता था कोई हल्के-हल्के बात कर रहा है।

कोई जीवन की नश्वरता के बारे में बात कर रहा है, कोई गाने गा रहा है। कोई अपने साथ हुए अत्याचारों की बात कर रहा है। कोई बड़बड़ा रहा है...ले के रहेंगे...ले के रहेंगे...पता नहीं क्या लेके रहेंगे...आवाज़ बुझ जाती

है। मानो कोई आवाज़ आज़ाद होने को छटपटा रही हो।

कोई हत्याओं को जस्टिफ़ाई कर रहा हो। कैसे कुछ हत्याएँ जायज़ होती हैं।

कोई पहेली बुझा रहा हो।

वह पहेलियों की सीढ़ी चढ़ न पाती। वह वहीं गुँथकर रह जाती। वह आटा गूँधते-गूँधते उन आवाज़ों को अपने अन्दर महसूस करती रहती। रात को पानी पीते हुए वह उन आवाज़ों को पीती।

ऐसा क्या था उस घर में? रात हो या दिन, कुछ आहटों के सन्नाटे उसे सुनाई देते। न जाने क्यों वह ठिठक जाती।

कुछ दिनों के बाद उसने सोचा था कि वह मकान मालिक से बात करेगी, वह उन आहटों के बारे में बताएगी। वह बताएगी कैसे कुछ हलचलें रात में उसे सोने नहीं देती हैं।

गार्ड उसकी बात सुनकर हँसा था, सोसाइटी का सुपरवाइज़र भी उसकी बात सुनकर हँस पड़ा। उसकी जमकर खिल्ली उड़ाई गयी। उसकी बातों को खिलखिलाहट में उड़ा दिया गया। मानो सब उसे वहमी ठहराने की कोशिश कर रहे हों। हलचलें भी उस हँसी में सहम गयीं और वह परेशान होकर अपने फ़्लैट में वापस चली गयी। माँ को हिदायत दे दी कि घर का दरवाज़ा जब तक वह नहीं आ जाती, खोलेंगी नहीं।

हालाँकि उस दिन के बाद हलचलें कम हुईं।

जब-जब यहाँ हलचलें होतीं, उसे बचपन की वह कोठरी याद आ जाती, जिसमें अजीब हलचलें होती थीं और उन हलचलों के बीच होती थीं, तमाम कहानियाँ।

उन कहानियों में चीखें जो उन सहपाठियों के गले से निकलती थीं, जब भी वे स्कूल की उस कोठरी से होकर गुज़रती थीं। स्कूल की उस कोठरी में एक अनजान औरत की कहानी थी, उस कहानी में बहुत कुछ था। न जाने कितनी फुसफुसाहटें थीं, कोई कहता, कहीं से आयी थी, कोई कहता किसी ने मारकर यहाँ डाल दिया था, तो कोई कहता था कि अपने बेटे के प्यार में यहीं चली आयी थी और बेटे को लेकर इसी कमरे में मर गयी।

कुछ भी कहानी हो, पर सच तो यही था कि वह एक अभिशप्त कमरा था।

लड़कियों के हाथ से चाट का दोना छीनकर फेंक दिया जाता था। कहते थे कि उस कमरे में औरत को साफ़-सफ़ाई बहुत पसन्द थी। उसके स्कूल में उस कोने को बहुत साफ़ रखा जाता था। हर समय अगरबत्ती जलती रहती थी। हर रोज़ उस कमरे में कुछ-न-कुछ खाने के लिए रख दिया जाता था और आश्चर्य कि दिन भर में दोने का खाना गायब हो जाता था। उस स्कूल में हवन होता था और हर बार उस आत्मा की शान्ति के लिए प्रार्थना की जाती। आत्माएँ भी कितनी बेचैन होती हैं, जीवित मनुष्यों की तरह, जो बिना मान-मनौव्वल के शांत नहीं होतीं।

उस कमरे के आस-पास जाने से स्कूल की लड़कियाँ डरने लगी थीं और उस कमरे के आस-पास लोहे का जाल लगा दिया था। एक दिन उसे उत्सुकता हुई सच जानने की, उसके पास से गुज़र रही थी कि अजीब-अजीब आवाज़ें सुनाई देने लगीं। करुण चीत्कारें थीं जिनमें पुकार थी। उसे कुछ समझ में नहीं आया, बस किसी तरह गिरते-पड़ते भागती चली गयी।

वह उस दिन जिस डर से गुज़री, उसके बाद तो वह कल्पना ही नहीं कर सकती थी कि वह कोई ऐसा दुस्साहस कर सके।

यही कारण था कि वह इस हलचल से दूर थी, जैसे ही वह उस फ़्लैट के पास पहुँचती, उसे स्कूल का वह अभिशप्त कमरा याद आ जाता। वह डर जाती, सहम जाती और भूत भगाने के लिए जो उसकी उँगली में लोहे का छल्ला पड़ा था, उसे घुमाने लगती। वह फ़्लैट भी उसे अभिशप्त लगता।

वह अपने डर को काबू में रखने की कोशिश करती पर किशोर मन में जो डर की नींव पड़ी थी, उस पर इतनी बड़ी इमारत बन चुकी थी कि वह चाह कर भी उसे गिरा नहीं सकती थी। उसे गिराने के लिए साहस की सुनामी चाहिए थी, जो हो नहीं सकती थी। वह डर की चारदीवारी में फँस चुकी थी। वह चाह कर भी निकल नहीं पाती, यही कारण था कि जब वो हलचलें उसे परेशान करतीं वह उस फ़्लैट के सामने जाकर वही सब कुछ करती जो उसके स्कूल में प्रबंधक किया करते थे। वह उन आत्माओं के लिए मुक्ति की कामना करती और सोचती कि जो भी वहाँ भटक रहे हैं, उन्हें मुक्ति मिले। पर उस पूजा के बाद भी हलचलें कम होने का नाम नहीं ले रही थीं।

शायद हलचलों के साथ मुलाकात अभी होनी थी उसकी!

उस दिन, बहुत ही आम दिन था जब वह अपना फ़ोन लेकर सीढ़ियों पर बैठ गयी। उस दिन बहुत ही ठंडी हवा चल रही थी और अन्तिम, तेरहवीं मंज़िल पर बहुत ही मज़ेदार हवा आ रही थी। उसके अन्दर तक सब कुछ तृप्त-सा होता जा रहा था।

उसके अन्दर ठंडक समाती जा रही थी। वह अनजानी ठंडक आने वाली किसी घटना का सूत्र रच रही थी।

वह बहुत दिनों के बाद अपने दोस्तों के साथ व्हाट्सऐप अन्ताक्षरी खेल रही थी। एक-एक अक्षर पर सभी फँस रहे थे, और उसे मज़ा आ रहा था फँसने में। तभी गाना फँस गया। गाना फँस गया च अक्षर से, च, च, ओह, च से कौन-सा गाना गाऊँ? कौन-सा गाना गाऊँ? ये तो फँस गयी मैं? क्या करूँ?

माँ से पूछूँ क्या? वह जैसे अपने आपसे बात करती हुई जा रही थी।

"अरे, इतने छोटे से काम के लिए माँ से क्या पूछना?" कहीं से आवाज़ आयी। "ये कौन बोला?" वह एकदम से चौंक गयी!

"अरे, ये आवाज़ कहाँ से आयी?"

"हैलो, कौन है? कौन है यहाँ?"

वह पागलों की तरह भागने लगी। "कौन है यहाँ? कौन है? हैलो, कौन है? क्या कोई मेरी आवाज़ सुन रहा है? आखिर कौन है?"

"च से...चाहूँगा मैं तुझे साँझ-सवेरे, फिर भी मगर कभी नाम को तेरे आवाज़ मैं न दूँगा..."

"कौन हो तुम? कहाँ हो? मैं देख क्यों नहीं पा रही तुम्हें?"

वह चीखती रही, और अन्दर से आवाज़ आती रही,

"चाहूँगा मैं तुझे साँझ-सवेरे, फिर भी मगर कभी नाम को तेरे आवाज़ मैं न दूँगा..."

उधर से सन्नाटा खिंच गया। भयभीत-सी वह भाग कर घर में घुस गयी।

उस मखमली आवाज़ का दर्द उसको अन्दर तक बींध गया। अन्दर तक कचोट उठी। वह क्यों गा रहा था? और कौन गा रहा था? क्या इस घर में भी उस कमरे जैसा ही कोई रहस्य है? अगर है तो क्या? अब उसे यकीन हो

चला था कि या तो कोई अन्दर है या कोई भूत है।

उस रात वह नींद में चिहुँक कर उठ गयी। पसीने से तरबतर। नींद में वह ज़ोर से चीखना चाहती थी पर आवाज़ गोंगियाने लगी थी। वह चीखना चाहती थी—"बचाओ-बचाओ..." थोड़ी देर संघर्ष करती है, हाथ-पाँव हिलाना चाहती है, दोनों नहीं हिलते जैसे किसी ने बाँध रखा हो। ये नींद में क्या हो रहा था? माँ हमेशा कहती कि चित न लेटा करो, एकदम चित लेटने से कोई चढ़ जाता है, शरीर पर! पहले तो उसे लगता था कि माँ ऐसा क्यों कहती है? चित न लेटा करो, चित न लेटा करो, और वह थी कि उसे करवट लेने पर नींद ही नहीं आती थी। आज भी एकदम चित लेटकर सो रही थी।

उसे लगा उसके कानों में कोई गा रहा है...।

"चाहूँगा मैं तुझे साँझ-सवेरे, फिर भी मगर अब नाम को तेरे आवाज़ मैं न दूँगा"

"कौन है?...कौन है?...सामने आओ! तुम कौन हो?"

कहते हुए वह चीखते हुए उठी।

"क्या हुआ, कितनी बार बोला है, एकदम चित न सोया करो, पर तुम बात मानो तब न!" उसके बगल में सो रही उसकी माँ ने कहा।

"तुम्हें कितनी बार मना किया है कि शाम होने पर जे फ़िस...फ़िस... नहीं लगाया करो, न जाने कौन घुस जायेगा। तुम्हें पता नहीं कि जे आत्माएँ भटकती रहती हैं और जिसका शरीर पसन्द आता है, उसमें घुस जाती हैं! अब तुम लोग ठहरे पढ़े-लिखे, तो तुम लोग कहाँ बात मानोगे?"

"नहीं माँ, ऐसी बात नहीं है। मुझे नहाने के बाद डियो चाहिए ही चाहिए। मैं नहीं रह सकती उसके बिना!"

"तो अब भुगतो जे, चलो सोय जाओ! नहीं तो तुम्हाओ हाल तुम्हाई चाची जैसो न होय जाओ"

"माँ, अब डराओ न!"

"लो, जा में डराने जैसी कौन-सी बात है?"

माँ उसका माथा दबा रही थी, पर उसके कानों में चल रहा था...,

"आवाज़ मैं न दूँगा..."

और यह आवाज़ उसके कलेजे को चीर रही है। ओह, कहीं वह भी तो अपनी चाची जैसी ही नहीं हो जायेगी? उसकी चाची का राज़ क्या था? माँ ने कभी खुलकर कुछ नहीं बताया पर बेटी के मामले में कई सावधानियाँ बरतीं जिनमें शाम को इत्र लगाने की मनाही थी, चित सोने पर सख्त पाबन्दी थी। कभी चित सोई मिलती तो माँ आकर नींद में ही करवट लिटा देतीं। सोते समय माँ आशिक जिन्न का किस्सा सुनातीं तो उसे रात में अजीब-अजीब आवाज़ें सुनाई देतीं। उसे लगता कोई है जो उसकी चादर खींच रहा है, कोई है जो उसकी चप्पलें उठा रहा है। और वह पूरी रात न सो पाती।

उसके बाद जब तक मेडिकल में नहीं आ गयी, तब तक न तो उसने शाम को इत्र लगाया और न ही चित सोई। माँ ने ऐसा करने ही नहीं दिया था। कहती कि जिन्न जवान लड़कियों का आशिक होता है। चित सोने पर काबू कर लेता है और इत्र लगाने पर खिंचा चला आता है।

माँ के इन किस्सों और वर्जनाओं से उसे मुक्ति तब मिली जब फ़ीज़ियोथेरेपिस्ट की पढ़ाई के लिए शहर आयी। इतनी मुश्किल से उसे डर से मुक्ति मिली थी कि ये आवाज़ें...

कोई अन्दर है तो दो-तीन दिन के बाद भी जवाब आयेगा। वह उस दिन उस आवाज़ को ओढ़ कर सोई। हालाँकि उसने चाहा था कि वह उसे उतार दे, पर उतार न सकी। दो-तीन दिन बाद, उस मखमली आवाज़ को सुनने के लिए फिर से जा बैठी वह उन्हीं सीढ़ियों पर।

उसने गाना शुरू किया—

''साथी न समझ, कोई बात नहीं, कोई बात नहीं, मुझे पास तो आने दे...''

कोई गुनगुना रहा है। फिर वही सन्नाटा पसर गया।

उसने अगरबत्ती लगाई, सुलगाई, उसने उस देहरी की सफ़ाई की, अगर आत्मा होगी तो इस सफ़ाई से ज़रूर खुश हो जायेगी, और अगर आदमी है कोई तो ज़रूर ही ज़वाब आयेगा।

कोई आवाज़ नहीं आयी, कोई सुगबुगाहट नहीं, कोई हलचल नहीं! वह निराश-सी होने लगी, अरे! शायद कोई नहीं है, वहम ही था उसका!

''अरे, आप सुन सकते हैं मुझे? मुझे सुनिए, मुझसे बात करिए! मैं

आपकी मदद कर सकती हूँ, प्लीज़ मेरी बात सुनिए...''

"कुछ तो बोलिए, आप कौन हैं? मैं इस हलचल में फँसती जा रही हूँ! आप कौन हैं? आप क्यों नहीं जवाब देते?''

फिर चुप्पी! एकदम चुप्पी वहाँ पर! उस फ़्लैट में एकदम चुप्पी!

फिर बोझिल कदमों से वह निकली!

तभी—

कोई दर्दभरी आवाज़ में गुनगुना रहा है!

कौन है जो न तो देहरी लाँघ सकता है, और न वह उसे देख सकती है! वह उसके मखमलीपन में फँसी जा रही है! आखिर क्यों? क्या और कौन है अन्दर?

अब वह इधर-उधर से गुज़रते समय कुछ न कुछ गुनगुनाती हुई निकलती, कि शायद कोई जवाब दे! उधर से जवाब आता।

वह लता के गाने गाती, उधर से रफ़ी के गानों की बरसात होती। अब वह समझ गयी थी कि कोई तो है अन्दर! एक दिन हिम्मत करके उसने फिर से गार्ड से बात की।

गार्ड ने उससे बेहद ही कड़े शब्दों में कहा—"देखिये मैडम जी, आपकी बात मैं मकान मालिक से करा चुका हूँ, और आप चाहें तो या तो पुलिस की मदद लें या फिर कहीं और चली जायें।''

ओह, वह कहाँ चली जाये? बहुत मुश्किल से तो इस घर में आ पाई है! इतने पैसे कहाँ हैं उसके पास।

वह क्या करे? उसकी नसों में चटकन होने लगती। दो दिन से वह अस्पताल नहीं गयी थी क्योंकि वह खुद को रफ़ी के नगमों में बँधी हुई महसूस कर रही थी।

अब वह दिन में सीढ़ियों पर बैठकर गाना गाती और वहाँ से जवाब आता। वह आवाज़ लगाती, पर गानों के अलावा कोई और जवाब नहीं आता!

न जाने क्यों वह खुद को अलग नहीं कर पा रही थी। पर उसकी बात पर कोई भरोसा नहीं कर सकता था कि कोई है अन्दर! कोई तो है!

यह सिलसिला लगभग दस दिन चला! दस दिनों में रफ़ी के गानों से

वह भीग गयी। उसका मन भीग गया। उसे लगता था कि कोई तो है अन्दर जो उससे बात करता है, कोई तो है जो अपने दिल का हाल सुनाता है! कोई तो है जो चाहता है कि वह उससे बात करे! वह शायद अपना रहस्य बताना चाहता है! पर क्या है रहस्य? क्या है उसके दिल की बात?

दस दिनों में उसने हर तरह के गाने गाए, रोमांटिक, ज़िन्दगी से जुड़े हुए।

एक दिन उसने शरारत के मूड में एक ठुमरी गाई—

"लट उलझी, सुलझा जा बालम..."

उसे लगा, आज तो उलझ गया, दो मिनट के बाद फुसफुसाहट और फिर वही आवाज़ आयी...

"कल तेरी बज़्म से दीवाना चला जायेगा, शमां रह जायेगी, परवाना चला जायेगा..."

उसकी आँखों से आँसू बह निकले। अन्दर जो भी है, साधारण इन्सान नहीं है। जो है, अद्‌भुत है, जो है अनोखा है, वह चाहती है वह बात करे, पर वह बात नहीं करता! वह चाहती है वह रहस्य बताए पर वह चुप है! कोई तो है! और जो है, वह अब उसके दिल के एकदम करीब आ चुका है। उसकी दर्दभरी गायकी ने उसे मोहपाश में बाँध लिया है।

अब जब वह उन आवाज़ों को ओढ़ती है, तब वह अजनबी नहीं होतीं, वह उसकी अपनी हो चुकी हैं। वह एकदम करीब आ चुकी हैं।

वह उस मखमली आवाज़ के खोखलेपन को महसूस कर रही थी। पिछले कुछ दिनों से वह आवाज़ एकदम निराशावाले गाने गा रही थी। जैसे बहुत कुछ छूट रहा है उसका। जैसे बहुत कुछ वह खोने जा रही है। उसे लग रहा था कि वह आवाज़ उससे बिछड़ने वाली है।

अब एक और आवाज़ आने लगी थी। अब कोई मुकेश के भी गाने गाने लगा था। दोनों की जुगलबन्दी शुरू हो जाती।

ओह, उसकी आवाज़ उस दरवाज़े पर जाकर वापस आ जाती। वह दस्तक देकर लौट आती। वह चाहती थी कि उसकी आवाज़ उस मोटे ताले को तोड़कर अन्दर जाये और उन हलचलों को अपने पास ले आए। वे हलचलें भविष्य में किसी बात की तरफ़ इशारा कर रही थीं। कुछ तो हो रहा था, कुछ तो शीशा

पिघल रहा था। और पिघल कर उसके कानों में गिर रहा था। वह चाहती थी कि उस पिघले शीशे की धार मोड़ दे, पर वह मोड़ नहीं पाई! वह क्या करे? बहुत कुछ तो था करने के लिए, पर वह अपनी नौकरी भी भूल चुकी थी!

आवाज़ों के खंडहर से जो आवाज़ें आतीं, वह उसे बेचैन कर देतीं।

वह उन खंडहरों से भटक जाती, कभी रफ़ी के नगमे—"तुझको पुकारे मेरा प्यार"

"चाहूँगा मैं तुझे शाम-सवेरे..."

"मैं ज़िन्दगी का साथ निभाता चला गया..."

और वह पसीने से तर होकर जाग उठती। आखिर क्या हो रहा था? उसके साथ यह क्या हो रहा था? उसके हर लम्हे में वे गाने थे। न केवल वे गाने बल्कि यह रहस्य भी कि आखिर उस घर में हो क्या रहा था? वे आवाज़ें कौन थीं? वे लम्हे कैसे थे? वे आवाज़ें क्या लिखने जा रही थीं? वह कौन है, जो उसके पहुँचते ही गाने लगता है।

और वह पिघलने लगती थी। वह जल उठती थी, उस आवाज़ का पता लगाने के लिए। वह कौन है? क्या कोई अतृप्त आत्मा है जो कहीं से भटक कर आ गयी है? और वह आत्मा शायद रफ़ी की फ़ैन हो?

इस रात वह फिर सीढ़ियों पर आकर बैठ गयी। उसकी आहट सुनकर अन्दर से वही गाना आया जो पिछले दो-तीन दिन से आ रहा था...

"आज की रात मेरे दिल की सलामी ले ले..."

ओह, कौन कहाँ जा रहा है? क्या आत्मा की मुक्ति का समय आ गया है? क्या वह आत्मा जल्द ही इस फ़्लैट को छोड़कर चली जायेगी? क्या वह अब कभी उसे नहीं सुन पाएगी? ओह, नहीं, नहीं! प्रभु, उसकी मुक्ति नहीं! उसकी मुक्ति नहीं! वह उसकी मुक्ति नहीं चाहती! उसकी दादी हमेशा कहती थीं कि हर आत्मा कुछ समय के लिए भटकती है! ओह, तो क्या यह वही आत्मा तो नहीं जो भटक रही होगी? पर किसके लिए? क्या कोई ऐसी इच्छा है, जो उसकी पूरी नहीं हुई? क्या वाकई रफ़ी-प्रेमी आत्मा की कोई अन्तिम इच्छा रह गयी होगी? उसकी समझ में कुछ नहीं आ रहा था!

वह रोना चाहती थी पर रो नहीं पा रही थी, उस रात बहुत कुछ परछाइयों

ने उससे कहा, और वह उन रेंगती परछाइयों की गिरफ़्त में आ गयी। वह फँस गयी, वह निकलना चाहती थी पर वह निकल न पाई। उसे वह फ़्लैट एकदम अपने स्कूल के उस कमरे जैसा लगने लगा जहाँ पर एक कहानी रहती थी।

सम्भव है, ऐसी ही कोई कहानी इस फ़्लैट की रही होगी।

वह अपनी बेबसी पर रो उठी! उसका मन हो रहा था कि वह आरी ले ले और काट डाले उस दरवाज़े को, जिसके पीछे वे आवाज़ें कैद थीं। उन आवाज़ों को खोजना इतना सरल न था। वह उन खोहों में फँस गयी थी! वह निकल नहीं पा रही थी! प्रभु, उन्हें मुक्ति न देना! और अगर मुक्ति देना भी तो मुझे दिखा देना! वह पूरी रात न सो सकी थी।

सुबह के तीन बजे, कुछ हलचलें उसके फ़्लैट के सामने हो रही थीं, उसने आज फिर उन हलचलों को झूठ समझा! वह सिमट गयी थी। रहस्य उसे अपनी गिरफ़्त में लेता जा रहा था। उसे जल्दी सुबह का इन्तज़ार था।

आज भी आम सुबह थी। हर दिन की तरह बहुत भागादौड़ी थी। उसे रात की हलचलों और फुसफुसाहटों के कारण रोज़ ही देरी हो जाती थी, उस दिन भी अपवाद न था।

नैंसी मेन गेट से होती हुई गलियारे में दाखिल हुई कि सामने से डॉक्टर शांतनु दिखे।

''हाय नैंसी, क्या हुआ, बहुत परेशान दिख रही हो। ऑल इज़ वेल? देखो, तुम्हारे पेशेंट आ गये होंगे।''

वे इतनी हड़बड़ी में थे कि नैंसी का जवाब बिना सुने अपने केबिन में घुस गये।

पेशेंट क्या, भाँति-भाँति के टूटे-फूटे लोग जो मुरम्मत के बाद कई-कई दिन अपनी हड्डियों पर मोम चढ़वा कर, सिंकाई करवाते और नैंसी को दुआएँ देते लौट जाते।

सरकारी अस्पताल की भीड़ मिली-जुली होती है जिसमें चोर-सिपाही सब एक साथ आते हैं। वह जानती थी कि कुछ पेशेंट लाइन लगाने के डर से सुबह ही धरना देकर बैठे होंगे। पर वह क्या आज रोज़ की तरह उनकी हड्डियों पर मोम के साथ अपनी स्निग्ध मुस्कान का लेप चढ़ा पाएगी। अनमनी-सी

वह गलियारे में निकल पड़ी।

पता नहीं क्या मन में आया कि अपने विभाग की तरफ़ न जाकर शांतनु के कमरे (केबिन) की तरफ़ मुड़ गयी। हमेशा बाहर खड़ा रहने वाला उनका सहायक भी गायब था।

डॉक्टर शांतनु के कमरे में बैठे तीन लोग अजीब-सी हँसी हँस रहे हैं। एक पुलिस अधिकारी था। उनमें एक सादी ड्रैस में सामान्य कदकाठी का आदमी पर विचित्र-सा। उसे आदमी संदिग्ध लगा। वार्ड ब्वाय वहीं हाथ बाँधे खड़ा था। वह थोड़ा-सा अपसेट लग रहा था। उसके चेहरे पर शिकन थी। अपने मेंटोर, बुजुर्ग शांतनु को इस तरह निर्लज्ज हँसी हँसते हुए पहली बार देख रही थी। जब भी मिलते, मुस्कुराते रहते। आज उनकी सोंधी मुस्कान बारिश के बाद कूड़े के ढेर को छूकर आती हवा-सी लग रही थी। छोटा-सा केबिन और वहाँ होने वाली सारी बातचीत विचित्र थीं और वह समझ नहीं पा रही थी कि केबिन से भाग जाये या खाली स्टूल पर बैठ कर सुने सारी बातें।

''यू नो, ये एक मोस्ट वांटेड अपराधी था! कैम्पस में जाकर छात्रों का नेता बन गया था। होस्टल में छिपता फिर रहा था! पुलिस इसे हर तरफ़ ढूँढ़ रही थी! वैसे सुनते हैं कि बहुत ही पढ़ा-लिखा था, टॉपर था! लेकिन नेतागीरी में बरबाद हो गया। यूनिवर्सिटी कैम्पस का सारा माहौल ही खराब कर दिया था। कमीने सब के सब इसके साथ मिल के देश के खिलाफ़ ज़हर उगलते थे...''

''निपटा दिया साले को...। ले के रहेंगे, ले के रहेंगे...तो लेलो...दे दिया।

दारोगा खीसें निपोर रहा था।

''आओ नैंसी...बैठो...कुछ खास, सब ठीक तो है न।''

''नहीं सर, लेकिन मुझे आपसे अकेले में कुछ बात करनी है।''

''बोलो, यहीं बोलो कोई बात नहीं, ये रिपोर्ट लेने ही आये हैं। इन्हीं का कारनामा है, इनसे ही आधी रात को मुठभेड़ में मारा गया है एक देशद्रो...क्रिमिनल...''

''सर, लेकिन...एक गड़बड़ है...''

दारोगा धीरे से बात करता हुआ झुका। कागज़ों में से एक फ़ोटो निकाल कर दिखाते हुए फुसफुसाया—

"जहाँ बायीं साइड में सीने में गोली लगी है वहाँ काले-काले प्वाइंट्स दिख रहे, गोदना जैसे, फोटो में। सर, ये तो पास से गोली चलाने का साइन होता है। रिपोर्ट में लिखेंगे कि आठ फ़ीट की दूरी से गोली लगी। ये नज़दीक का मामला है, पास से गोली मारी गयी है। फ़ोटो में जो ये काले-काले धब्बे हैं, वो फ़ोटोशॉप में साफ़ करवाना होगा। आप मेरे प्वाइंट्स पर ही ध्यान केन्द्रित करिए।"

नैंसी के कान खड़े हो गये। वह बैठ नहीं पाई।

डॉक्टर शांतनु ने वार्ड ब्वाय को कुछ निर्देश देकर बाहर भेजा और खुद फिर से पुलिसवाले के साथ गपशप में मशगूल हो गये। नैंसी को लगा, वह उस केबिन में अप्रासंगिक हो चुकी है।

एक पल वह ठिठकी...फिर बाहर चली गयी। दारोगा की निगाह उसका पीछा कर रही थी। उसे लगा कि उसकी पीठ पर दो संदिग्ध आँखें चिपक गयी हैं।

"मुझे उम्मीद है, आप इन बातों को अपने तक रखेंगी मिस नैंसी...।" शांतनु की आवाज़ थी।

अन्दर से हँसने की आवाज़ें आ रही थीं। शांतनु बधाई दे रहे थे पुलिस वाले को।

"आपको तरक्की, इनाम सब मुबारक...बड़ा काम अंजाम दिया आपने, कल देखना, पेपर सारे भरे पड़े होंगे आपकी बहादुरी के किस्सों से..."

"क्या बताऊँ डॉक साब...बड़ा हिम्मती था ये शाहिद अब्बास... किसी से नहीं डरता था। बेखौफ़ था साला, हर समय गाने गाता रहता था, नारे लगाता रहता था, जब पकड़ा उसको तब भी नहीं काँपा। बोलता था, 'साब मार दीजिए हमें, जितनी जल्दी हो, मौत का इन्तज़ार मत करवाइए साब...।' पट्ठे को महीने भर खिला-पिला के तैयार किया और जिस दिन मरना था, उस दिन साला पसीने से नहा गया था। गायक बन गया था साला। गाना गा रहा था...काँप रहा था...गा रहा था...काँप रहा था...हो हो हो...रफ़ी की आत्मा समा गयी थी...गाते-गाते मरा।"

सादी ड्रैस वाले आदमी ने कुछ सामान डॉक्टर के टेबल पर रखा।

एक पुरानी उधड़ी जिल्द वाली किताब थी...रफ़ी की मुस्कुराती हुई फ़ोटो पर लिखा था—रफ़ी के अनमोल नगमे।

''हमने उसका सारा सामान फोरेंसिक लैब में भेज दिया बस यही रख लिया। इसकी जाँच कराके क्या मिलना।''

डॉक्टर शांतनु बोल रहे थे—

''अपराधियों को भी अपनी ज़िन्दगी प्यारी होती है, अपनी मौत सामने देखकर कौन न काँपेगा, रफ़ी के गाने सुननेवाला भला मरना क्यों चाहेगा, ज़रूर इश्क का मारा होगा बेचारा...''

बाहर वार्ड ब्वाय बड़बड़ा रहा है—

''पैसे लेकर गलत रिपोर्ट तैयार कर रहे हैं सर...अच्छी बात नहीं है, हद है कि घूसखोर पुलिस भी घूस देती है।''

बन्द फ़्लैट का तिलिस्म टूटने लगा था। तो वहाँ रखे जाते हैं एनकाउंटर के मुंतज़िर। उसने माथा पकड़ लिया। कान में आवाज़ों का कोरस गूँज रहा था।

सारी फुसफुसाहटें करुण नाद में बदल रही थीं। वे सारी आवाज़ें, बड़बड़ाहटें डि-कोड हो रही थीं जिन्हें वह तब नहीं समझ पा रही थी। उस तिलिस्म को तोड़ने के बारे में खयाल उठा, और भय की लहर हड्डी को चीर गयी। उसे वीडियो क्लिपिंग्स की याद आयी जिसमें एक सुन्दर-सा नौजवान देर रात छात्रों की भीड़ से घिरा नारेबाज़ी कर रहा है। भीड़ उसके पीछे पागल दिख रही थी। वह देशद्रोही करार दिया जा चुका था। उसके अपराधों की लिस्ट तैयार की जा चुकी थी। और वह फ़रार था, पुलिस उसे खोज रही थी। वह सरगना घोषित किया जा चुका था। उसके पक्ष में कोई गवाह नहीं। एक कहानी खत्म हो गयी थी हमेशा के लिए। कुछ और कहानियों का तिलिस्म बाकी है। उसे लगा, वह अदालत में खड़ी है, गवाही दे रही है पुलिस के खिलाफ़। पुलिस दूर से किसी की तरफ़ उँगली दिखा रही है। उसकी विधवा माँ चेहरे पर तूफ़ान लिए खड़ी हैं। तूफ़ान उसे लपेट रहा है। वह कँपकँपा गयी।

ओह, यह खेल चल रहा है।

नैंसी की आँखों में काली घटाएँ उमड़ आयी थीं। कानों में रफ़ी के नगमे बजने लगे।

ओह, रफ़ी, "आज की रात मेरे दिल की सलामी ले ले..."

ओह, क्या यही मुक्ति थी? वह मुक्ति और प्रेम में फँस गयी? आखिरी रात का गाना यही तो था। तीन बजे रात से जो उसकी बेचैनी थी, जो हलचल थी, वह इस तरह शान्त होने वाली थी? वह घर की तरफ़ कदम बढ़ा रही है और उसकी नसों में गाना बज रहा है। नैंसी भाग रही है, होंठ थरथरा रहे हैं पर कोई गाना नहीं फूट रहा...।

सलमा-सितारा जड़ी मेरी साड़ी

वह बार-बार मुझसे टकरा रही थी। मैं उससे बचने की कोशिश करती हुई भीड़भाड़ में इधर-उधर हो रही थी। जब-जब पास से टकराकर निकलती, उसकी साड़ी से कोई चमक फूटती और मेरी आँखें चौंधिया जातीं। दिल्ली में भी खूब कशीदाकारी वाली डिज़ाइनर साड़ियाँ पहने देखा है स्त्रियों को, वे चमकती भी हैं, लेकिन किसी को चमकाती नहीं हैं। इतना लहराकर भी नहीं निकलतीं कि आँखों में सितारे नाचने लगें। इतनी चमचम साड़ी मैंने पहली बार देखी है। सिर पर आँचल और मुँह से पल्लू दबाए, वह मेरे आस-पास ही मँडराती रही। मैं असहज महसूस करने लगी। दुबली-पतली, मँझोले कद की एक देहाती किस्म की स्त्री को भला मुझमें क्या दिलचस्पी हो सकती है। मैं अपनी बड़ी बहन के घर आयी हूँ, चंपारण के छोटे से कस्बे में, जहाँ मुझे कोई नहीं पहचानता। दीदी के रिश्तेदार भी नहीं। बीस साल बाद यहाँ कदम धरा है मैंने। बीस साल बाद क्यों, इसकी कुछ कथा-उपकथाएँ हैं, जिसके बारे में फ़िलहाल सोचना भी नहीं चाहती।

मैं मंडप के किनारे बैठी सोच रही थी, कोई हथ-पंखा खाली करे तो चेहरे पर हवा दूँ। कई औरतों के हाथों में पंखे थे। पुरुषों की आवा जाही थी, वे दौड़-भाग में व्यस्त थे, इसीलिए उनके कन्धे पर लाल रंग का गमछा लटक रहा था, जो कई काम करता था। पंखे की तरह हवा भी कर लो और पसीना भी पोंछते रहो।

मैं कुछेक स्त्रियों के हाथों में पंखा देखकर उन्हें हथियाने के बारे में

सोचने लगी। कोई पंखा नीचे धरे तो उठा लाऊँ। कि तभी अचानक...

"हम हाँक दें पंखा... ?"

वह रंग-बिरंगा पंखा हाथ में लिए खड़ी थी। धागे से बना हुआ रंग-बिरंगा हथ-पंखा।

वह पंखे से मेरे चेहरे पर हवा करने लगी। वही स्त्री थी जो पिछले दो दिन से रोज़ शाम को गाना गाने आती थी, सबके माथे पर गमकता हुआ तेल लगाती और सिंदूर टीकती। हथेली पर ड्राई फ्रूट के कुछ दाने रखती। मैं यह सब नज़ारा दूर से देखती, कभी उस जमात में शामिल नहीं हो पाई। लेकिन यह स्त्री छोड़े तब ना। तीसरे दिन की बात है। रोज़ सलमा सितारा वाली साड़ी पहनकर दमकती हुई आ जाती थी। उस दिन तो कुछ ज़्यादा ही करीब आ गयी थी और मैं उसका चेहरा साफ़-साफ़ देख पा रही थी।

चेहरे पर झाइयाँ पड़ गयी थीं और आँखों के नीचे स्याह घेरे। बड़ी-बड़ी आँखें सिकुड़ गयी थीं और रंगत उतरी हुई थी। बड़ी-सी चमचमाती बिन्दी ज़रूर माथे पर दमक रही थी। बाल घने मालूम पड़ते थे। बीच से नहर की तरह निकाली गयी माँग में आधी दूर तक लाल टूह-टूह (चटक) सिंदूर भरा हुआ था। कुल मिलाकर वह ग्रामीण औरत का परफ़ेक्ट पैकेज मालूम पड़ रही थी।

मैं सोच में पड़ गयी कि यह औरत भीड़भाड़ में सबको छोड़कर मेरे ही पीछे क्यों पड़ गयी है। ज़्यादा शालीन भाषा में कहूँ तो मुझमें इसकी इतनी दिलचस्पी क्यों। मैं समझ नहीं पा रही थी। मुझे हमेशा इतनी भरी-भरी औरतों से अरुचि रही है। इनका इतना लदा-फँदा रहना मेरी नज़र में गँवारपन था। पिछड़ेपन की निशानी। मुझे चिढ़ होती है। इसी से बचने के लिए मैं हमेशा के लिए यह समाज छोड़कर दूर निकल गयी थी।

वह हथ-पंखा डुलाए जा रही थी। कब उसने मेरा हाथ पकड़ लिया, मुझे पता ही नहीं चला।

भयानक गर्मी में उसकी चिपचिपी उँगलियाँ मेरे हाथों में धँस कर मुझे तकलीफ़ दे रही थीं।

"आप मुझे पहचानती हैं क्या, मैं नहीं पहचानती आपको, कुछ कहना चाहती हैं... ?"

मैंने सीधे दनादन सवाल दाग दिये। कब तक लुका-छिपी का खेल चलता रहेगा। मैं अपरिचय को परिचय में बदलकर सहज हो जाना चाहती थी।

''हम जानते हैं आपको, आप भले नहीं जानती हैं हमको...जानेंगी कैसे, हम गाँव के ठहरे, आप दिल्लीवाली...हमको सब पता है आपके बारे में...अभी याद दिलाते हैं आपको...याद कीजिये...कुछ याद आयेगा...''

मैंने कुछ भी याद करने से इनकार कर दिया।

''गौर से देखिए...कुछ याद आयेगा...''

मैंने देखा—उसके चेहरे पर गुज़रे वक्त के गहरे निशान थे। गर्दन पर हल्की झुर्रियाँ आने लगी थीं। आँखों के नीचे स्याह चाँद था। मैं स्मृतियों पर बहुत ज़ोर देकर भी नहीं पहचान पा रही थी...कौन थी... ? मुझे होस्टल और कॉलेज के कई पॉपुलर चेहरे याद थे। मामूली चेहरों को मैं भूल चुकी थी। ज़िन्दगी में चेहरों का कोलाज इतना घना था और इतनी तेज़ी से रील घूमती है कि स्मृतियाँ कँपकँपा जाती हैं। दिमाग में उनकी फ़ाइल सेव ही नहीं हो पाती। वैसे भी चेहरे और आवाज़ें पहचानने में मैं शर्मिंदगी की हद तक बहुत कमज़ोर हूँ।

मैंने उस स्त्री के सामने अपने हाथ खड़े कर दिये। उसने मानो कुछ खुलासा करने के लिए मुँह खोला ही था कि पीछे से किसी स्त्री की आवाज़ आयी—''हे झुन्नी के माई...पाँच ठो झूमर गा दीजिए...फिर विधि सुरू करेंगे।''

वह पंखा वहीं छोड़कर उठी और पंडाल के दूसरी तरफ़ जहाँ माइक रखा था, वहीं जमकर बैठ गयी। गाने की बात सुनते ही उसके शरीर में बिजली की तड़प दिखाई दी। मुझसे मिलने, कुछ कहने की तड़प फीकी पड़ गयी थी। उसके पीछे धीरे-धीरे गाने वाली औरतें जुटने लगी थीं।

कहीं से हँसती हुई मर्दाना आवाज़ आयी—''सादी-बियाह के घर में एतना सन्नाटा नहीं न अच्छा लगता है, औरत लोग गाते रहिए, और करना क्या है...लगन में औरत सब पगलाई रहती हैं, पगलाइए...फ़ेर कहाँ मौका मिलेगा आप लोगों को, धूमगज्जर मचाइए...।''

वह औरत शुरू हो चुकी थी। माइक के सामने गा रही थी और उसकी आवाज़ बाहर तक जा रही थी। पूरे मोहल्ले को पता लग जाता है कि ये

लगन वाला घर है। लगन वाला घर हमेशा सुरीला रहता है। लज़ीज़ व्यंजनों से महकता और अश्लील हँसी-मज़ाक से गूँजता हुआ। वह गा रही थी—

"सलमा सितारा जड़ी...जड़ी मेरी साड़ी...सलमा सितारा जड़ी...।

पीछे बैठी औरतें कोरस में गा रही थीं।

"सड़िया पहिनी हम बगिया में गइली...
माली के मन में बसी...
बसी मेरी साड़ी...
सलमा सितारा जड़ी..."

पीछे बैठी औरतों ने लय में तालियाँ बजानी शुरू कर दीं।

"सड़िया पहिनी हम नगरी में गइली...दारोगा के मन में बसी..."

पीछे से एक औरत 'दारोगा' ज़ोर से बोली और गाते-गाते फिस्स से हँस पड़ी। मैंने देखा—सलमा सितारा वाली औरत के चेहरे का रंग उड़ गया था।

"सड़िया पहिनी हम कोठरी में गइली...
पिया जी के मन में बसी...बसी मेरी साड़ी...सलमा सितारा..."

पीछे बैठी औरतों में चुहल शुरू हो चुकी थी। पीछे से किसी औरत ने कहा—"पूरा ज़माना से होके कोठरी में गइली...पहिले ही काहे न गइली..."

ज़ोरदार ठहाका लगा। उस औरत ने माइक दूसरी औरत को पकड़ा दिया और स्थिर चित्त बैठी रही थोड़ी देर। धीरे-से सलमा सितारा वाली खिसक गयी वहाँ से। थोड़ी देर में वह पानी की बोतल लिए हुए आयी और मेरे पास बैठ गयी। थोड़ी हताश जान पड़ रही थी।

सलमा सितारा का मुँह फूटा—

"मैं पूजा कुमारी हूँ...पूजा...याद है... ? आपसे जूनियर थी, एमडीडीएम कॉलेज में, आप हमको अपने भैया के लिए देखने आयी थीं देवी मंदिर में..."

"आप हमको केतना दौड़ाई थीं...चल के दिखाओ...गा के सुनाओ...हाथ ऊपर उठाओ...और आपकी चाची तो मेरी साड़ी उठा कर पैर चेक की थीं..."

"क्या... ?" मैं चौंक गयी। ऐसा कांड सिर्फ़ एक लड़की के साथ थोड़े न हमने किया था। गिनती याद नहीं। यह तो निरन्तर हो रहा था। जाने कितनी लड़कियाँ देख के छाँटी थीं हमने। किसी-न-किसी कारण से छँट जाती थीं।

दिल्ली में नौकरी करने वाले भैया के लिए गोरी, छरहरी और थोड़ी-बहुत इंग्लिश जानने वाली लड़की की तलाश थी हमें। साँवली लड़की तो हम लोग पहले ही मना कर देते थे।

यह तो साँवली थी। हमने कैसे इसको देखा होगा। मुझे याद नहीं आ रहा था।

"आप हैरान हो रही हैं..." वह हो-हो करके हँस पड़ी।

"आप लोग तो हमसे बातें ही नहीं कीं...खाली बकरी की तरह देह को खंगारती रहीं। हमसे बात तो करतीं..."

"हमको बहुत मन था आगे पढ़ाई करने का, दिल्ली में, घरवाले तो भेजते नहीं, सो सोचे कि किसी दिल्लीवाले लड़के से बियाह हो जाये...काहे कि हम हमेशा मैथ में टॉप करते थे। आप लोग जब देखने आयी थीं तब हम बी.ए. का एक्जाम ही दिये थे...रिज़ल्ट नहीं आया था। हम भी आपकी तरह कुछ बन गये होते...सपना ही टूट गया...पढ़ाई घुस गया चूल्हा में, चौका-भंसा करते हैं, गोबर लिपते हैं, बच्चों के साथ सारा समय चला जाता है। यही जीवन मिला हमें..."

मैं हैरान होकर उसका मुँह देखे जा रही थी। पूजा कुमारी...वो साँवली-सी लड़की, मरियल-सी, फ़ोटो में सुन्दर दिखी थी। अब तक जितनी लड़कियों के फ़ोटो आये थे उनमें सब स्टूडियो फ़ोटो थे, फूलों के ऊँचे स्टैंड पर एक तरफ़ हाथ रखे, दो चोटी किये और मासूम-सा चेहरा। एक लड़की का फ़ोटो था जो स्टूडियो का नहीं था, किताब हाथ में लेकर बाग में खड़ी थी। हम लोग हँसे थे फ़ोटो देख कर, "देखो कितनी बनती है, जताना चाह रही है कि हम बड़े पढ़ाकू हैं। शादी के लिए कहीं ऐसी तस्वीर देखी है... ?"

चाची बोली थीं—"बड़ी एडभांस लगती है लड़की...हमारे विजय को पढ़ाएगी..."

मज़े-मज़े में लड़की को देखने के लिए बुलावा भेज दिया गया और वही हुआ जो हमने पहले से तय कर रखा था। साँवली लड़की तो बिलकुल न चलने की...

एक बार माँ का मन डोला था...धीरे से फुसफुसाई थीं—"लड़की, विजय

से मैच कर रही है। सोने का चेन पहना देते हैं...फ़ाइनल कर देते हैं...कितनी बार लड़की देखो, छाँटो...हमसे न होगा अब...''

साँवली लड़की मिचिर-मिचिर आँखें खोलकर हम सबको देख रही थी। जबकि लड़कियाँ आँखें ही नहीं उठाती थीं, शर्म के मारे। चाची कोशिश करतीं कि आँखों की पुतलियाँ ज़रूर देखें...कहीं कुईस (नीली) तो नहीं। लड़कियाँ जो लाज के मारे गड़तीं सो ठुड्डी पकड़ के उठाने से भी न आँख खोलतीं। लड़की की माँ या भाभी कान में फुसफुसातीं तब कहीं लड़की हौले से पलकें उठाती और डरी-सहमी हिरणी की-सी आँखें झपक जातीं। मगर ये साँवली लड़की तो आँखें खोल कर साहसपूर्वक सबको देख रही थी।

मैंने उन आँखों को याद करने की कोशिश की। वे उत्सुक थीं, कुछ हद तक प्रार्थी भी।

मुझे अतीत से निकालती हुई आवाज़ फिर आयी—

''आपको कहाँ याद होंगे हम, इतनी लड़की देखी होंगी कि सब गड्डमड्ड। चलिए नीचे चलते हैं, पीछे बँसवाड़ी में ठंडी हवा चल रही है। वहीं बैठते हैं। वहाँ हल्ला-गुल्ला भी नहीं होगा। आपसे बहुत बतियाना है हमको...पता नहीं, फिर मौका मिले-न-मिले...''

''मैं फिर जाड़े के मौसम में...गर्मी में कभी नहीं...''

''आप आ सकती हैं...आपकी बहन का घर है, मेरा पता नहीं...कहाँ और कहाँ भाग जाऊँ...''

''भाग जाऊँ...'' बोलते हुए उसने एक आँख दबाई मानो भाग जाने को लेकर कोई रहस्य हो।

उसके साथ चलती हुई मैं उसके चेहरे को गौर से देख रही थी...मुझसे जूनियर लड़की, जो अब अधेड़ स्त्री में बदल चुकी है, जिसके चेहरे पर वक्त के निशां मौजूद हैं, जिसे वक्त ने असमय बूढ़ा बना दिया है...जो अब भी भागने की बात करती है। युवावस्था में ज़रूर आकर्षक रही होगी। मुझसे छोटी होते हुए भी कितनी उम्रदराज लग रही है। मैं खुद को नहीं देख सकती थी सामने से लेकिन सामने जो स्त्री थी, वो मुझे बूढ़ी लग रही थी।

मैंने अपने चेहरे को टटोला। शादी में आने से पहले ब्यूटी पार्लर में पूरा

दिन यों ही नहीं गुज़ारा था। मैं अपने दमकते और कसे हुए चेहरे, बदन को देख सकती थी, उसकी आँखों में। एकबारगी हँसी आयी—कोई यकीन नहीं करेगा कि यह स्त्री मुझसे एक क्लास जूनियर थी। मन-ही-मन सोचा, किसी से बताने की क्या ज़रूरत। कौन पूछ रहा है मुझसे...।

"मैं दो बार भागी हूँ..."

"हाय..."

"और क्या... ?"

वह मुझे घसीटती हुई घर के पिछवाड़े ले गयी। घने झुरमुट वाला सघनवन बहुत ठंडा लगा। बँसवाड़ी में बैठने के लिए पेड़ के दो मोटे तने मोढ़े की तरह रखे थे।

"हमारे लिए यही कुंजवन है...घर के शोर से घबराकर ऐसी ही जगहों पर जा बैठती हूँ घंटों..."

मुझे लगा, वह मन पढ़ सकती है।

"क्या हुआ फिर तुम्हारे साथ? पूरा बताओ मुझे..."

भीड़ से अलग, अपनी जूनियर के मुँह से उसकी व्यथा कथा सुनना चाहती थी। उसकी कथा मुझे गिल्ट में डाल रही थी लेकिन मैं क्या करती। तब मैं खुद छोटी थी और कुछ भी मेरे बस में नहीं था। हम दोनों का परिवेश एक था। अन्तर बस इतना कि मैं विद्रोह कर सकी, वह फँसी रह गयी।

"तुमने अपने घरवालों से विद्रोह क्यों नहीं किया...क्यों चुपचाप उनकी बात मानती रही...तुम इतनी तेज़ स्टूडेंट थी, कहीं भी नौकरी कर सकती थीं, क्या मजबूरी थी...समझौते क्यों किये... ?"

"शादी मेरे लिए पहला विद्रोह था। मैं जानती थी कि शादी के बाद सारे पहरे हट जायेंगे और एक पहरा बचेगा। उस पहरे से पार पा सकती थी, मायके के सारे पहरों से पार पाना मेरे लिए असम्भव था। शादी मेरे लिए मुक्ति का पहला मार्ग था। देखती नहीं क्या...शादीशुदा लड़कियाँ कितनी आज़ाद हैं... शादी का ठप्पा लगा नहीं कि मायके की रोक-टोक खत्म..."

"इससे अच्छा तो तुम घर से भाग जातीं..."

"हम भागे थे, दो बार...अब एक बार और आखिरी बार..."

"बच्चों को छोड़कर...इस उम्र में...किसके साथ, कहाँ... ?" मेरी हँसी छूट गयी। क्या औरत है भाई...इस उम्र में भी भागने का हौसला और इरादा रखती है। क्या दर्द है कि उसे टिकने नहीं दे रहा, भगाए जा रहा है। पहली बार किसी ऐसी दर्दकुमारी से मिली थी। मैंने पूजा कुमारी उर्फ़ दर्दकुमारी से पूछ ही लिया।

फिर ज़िन्दगी की परतें खुलती गयीं...बाँस की गाँठों पर सुनहरी रंग की परतें हवा से छिल कर झर रही हों जैसे। मैं बेचैनी से बाँस की पतली डालियाँ अपनी ओर खींचती रही। एकाध बार मुँह में डाल कर चबा डाला। कच्चे बाँस का स्वाद मुझे कहीं दूर लिए चला जा रहा था...

तनि ताकऽ न बलमुआ हमार ओरिया

पूजा के दिमाग में हथौड़े की तरह चोट लगी। एक वो है, जिसे चार लड़के वाले अब तक किसी-न-किसी कारण से छाँट चुके हैं। इसी देवी मंदिर में हर बार उसके साथ खेल खेला गया। उसी देवी मंदिर में अघोरिया चौक वाली, पढ़ने में कमज़ोर सहेली रानी का कल्याण हो गया। उसे अमेरिका में सेटल परिवार ने एक बार में ही पसन्द कर लिया। कई दिन तक पूजा सदमे में डूबी रही। कई तरह का दर्द उसको घेरे हुए था। छँटनी का दर्द, मनचाहा लड़का न मिलने का दर्द और ऊपर से टॉप करने की चिन्ता। आगे की पढ़ाई पर रोक के साथ घर बैठकर सिर्फ़ शादी का इन्तज़ार नसीब होने वाला था।

किसी-किसी की किस्मत के ताले ज़ंग लगे होते हैं, चाबी से नहीं खुलते। उन्हें तोड़ना पड़ता है। या फिर उन्हें झाड़-झंखाड़ के हवाले कर देना पड़ता है। वक्त की बेलें उस पर चढ़ जाया करती हैं।

पूजा इसके लिए तैयार न थी कि भाग्य को किसी के सहारे छोड़ा जाये। वह चाहती थी कि उसी लड़की की तरह उसकी किस्मत का ताला खुल जाये, नहीं तो एक दिन खुद ही तोड़ देगी ताले को।

कुछ ताले कभी नहीं टूटते। मंदिर की दीवार से सिर टकरा-टकरा कर पूजा कुमारी घायल हो गयी। लगे हाथ बृहस्पति का व्रत भी करवा ही लिया जाये, सुन्दर पति मिलने की पक्की गारंटी जो होती है।

एक दिन देवी मंदिर में माथा टेककर हताश उदास पूजा कुमारी घर पहुँची तो लगन की खबर मिल गयी। पातोपुर के धनाढ्य किसान परिवार से रिश्ता आया था। व्रत सफल। पूजा कुमारी ने लड़के के बारे में विस्तार से जानना चाहा तो जो पता चला, उसे सुनकर गश खा गयी। लड़का मैट्रिक फ़ेल, खेतीबाड़ी में निपुण। कई लीची बागान का मालिक। लड़के ने शर्त रखी है, लड़की आगे न ही पढ़ाई करेगी न नौकरी। पूजा के घरवालों ने झट से हामी भर दी। अब पूजा कुमारी की क्या चलेगी। शादी हो रही थी, यही क्या कम था। गणित की बी.ए. टॉपर लड़की ब्याह कर चली गयी फ़सलों का गणित समझने। मगर चित्त चंचल। कहाँ हार माने। विकल्प की तलाश हमेशा रही। किसी तरह पिंजरे से निकलना था, नौकरी करनी थी। बैंक में पी.ओ. की तैयारी करनी थी। घर गृहस्थी में सारा तेज भस्म हो गया था। पूजा कुमारी मशीन की तरह सब काम करती लेकिन उसकी आँखें दिगंत में खोयी रहतीं। दो बच्चों की माँ बनने से पहले एक कोशिश हुई जो विफल रही। पातोपुर थाने का दारोगा अक्सर घर आता-जाता था। गोरा-चिट्टा जवान दारोगा जब मोटरसाइकिल पर धूल उड़ाता आता तो पूजा कुमारी का दिल पुर्जा-पुर्जा हो जाता। उससे बात करने की फ़िराक में रहती। दरवाज़े पर हर समय कोई न कोई मौजूद रहता, बात करें तो कैसे। दिल पर कटारी चलती रहती। जब चाहत ज़ोर मारे तो मौके भी मिल ही जाते हैं। उस शाम पतिदेव अनाज मंडी खुद ही चले गये थे। दारोगा आशीष रंजन अचानक आये। पूजा कुमारी ने उनकी तरफ़ एक पुर्जी फेंकी।

दारोगा जी ने उठाया, आस-पास देखा, चौखट पर झाँकती दो आँखें दिखीं, वो निहाल हुए। 'तनि ताकऽ न बलमुआ हमार ओरिया...' पढ़ के उन पर क्या बीती, ज़्यादा नहीं पता। मगर पूजा कुमारी ने वहाँ से भाग निकलने का प्लान बना लिया। दारोगा जी अक्सर वहाँ आने लगे। मौके की ताक में दोनों रहते थे। पूजा कुमारी को अपनी रिहाई दिखाई देती थी, दारोगा को आकांक्षा रहित एक कामातुर स्त्री। दोनों एक-दूसरे के मन से अनभिज्ञ थे। एक बार बाहर वाले बैठकखाने में ही पूजा कुमारी को खींच लिया अपनी ओर। पूजा तड़प कर अलग हुई। पहले शर्त रख दी कि वे उसे यहाँ से बाहर निकालें,

फिर अपनी देह छूने देगी। शर्त सुनकर दारोगा जी तिलमिला उठे। मन-ही-मन भद्दी गालियाँ निकालीं। लेकिन उन्हें इस तूफ़ान को बाँहों में समेटना था, सो योजना बनाई गयी।

और एक दिन हल्के अँधेरे में निकल पड़ी पूजा, गाँव के आखिरी छोर पर खड़ी-खड़ी इन्तज़ार की मूरत बन गयी। रात गहराती जा रही थी, दारोगा का कहीं अता-पता नहीं। रात को गाछी की तरफ़ अकेले नहीं जाती थी। उसे भूत-प्रेत से इतना डर लगता था। आस-पास के भूतहा पेड़ ज़ोर-ज़ोर से हिलने लगे तो भागी जान बचा के। पिछवाड़े से घर में घुसी तो दालान में कुछ लोगों की बातें सुनाई देने लगीं।

"उस दारोगा साले का यहाँ आना-जाना बन्द करो...क्या पता, हमारी औरतों को भगा ले जाये...साले ने आज नयका टोला के बिन्देसर बाबू की बहू भगा ली...कल किसकी भगा ले जाये...वो तो मरेगा...नौकरी भी जायेगी... बिन्देसर बाबू छोड़ेंगे नहीं, राजपूत खानदान की इज़्ज़त पर हाथ डालेगा ससुरा...गर्दन रेत देंगे उसका..."

पूजा कुमारी को ज़िन्दगी में फिर एक बार गहरा धक्का लगा।

भागने का प्लान कुछ साल के लिए मुल्तवी। अब ज़रा घर, पति और बच्चों के आगमन पर ध्यान देने लगी थी। ज़िन्दगी के गणित का अभ्यास छूटा नहीं था। एम.ए. में दाखिला ले लिया था, पति को पटा कर। कॉलेज कम ही आती-जाती, परीक्षा की तैयारी घर पर करती थी। परीक्षा नज़दीक आयी तो नोट्स की ज़रूरत पड़ी। पतिदेव से गिड़गिड़ाई कि किसी गणित के प्रोफ़ेसर से थोड़ा-बहुत पढ़वा दें। उन्हें ज़िला टॉप करने से कोई नहीं रोक सकता। सूखी फ़सल से रूखे-सूखे, काठ की जड़ पतिदेव का दिल पसीज गया। सोचते थे—"हम गणित में फ़ेल हुए तो क्या, बच्चा लोगन का गणित तो ठीक रहेगा...ट्यूशन भी नहीं पढ़वाना पड़ेगा। घरे में पढ़ लेगा। पहली बार उनको बीवी के गणित ज्ञान पर अभिमान हुआ।"

गणित एम.ए. पास टीचर का इंतज़ाम हुआ। घरवालों की मौजूदगी में पढ़ाई शुरू हुई। सिर पर आँचल रखे अपनी स्टूडेंट को देख कर टीचर हँसता मन-ही-मन। पैसा ज़्यादा मिल रहा था, खाना-पीना भी मिल जाता था। स्टूडेंट

भी इतनी तेज़ कि टीचर का दिमाग घूम गया। इसे आखिर पढ़ाए तो क्या। वह समझने की कोशिश कर रहा था, पूजा कुमारी उसे कुछ और समझा रही थी। एक बार धोखा खा चुकी थी, सो दुबारा रिस्क नहीं लेना चाहती थी। इस बार हद से गुज़र जाने को तैयार थी। कॉपी-किताब देते-लेते पूजा कुमारी ही हाथ दबा देती या गेस-पेपर में पत्र रख कर आगे बढ़ा देती। नोट्स के साथ-साथ पत्र लिखे जाने लगे। जाड़ों की शाम पूजा शॉल ओढ़ कर आती, टीचर का हाथ शॉल के अन्दर खींच कर दबा लेती। वे हाथ अन्दर अँधेरे में हर चीज से खेलने लगते थे। पूजा, पढ़ाई के आनन्द में डूब जाती। टीचर शुरू-शुरू में अकबका जाता तो पूजा की आँखों में झाँकता। वहाँ इतने अरमान मचलते थे कि किसी एक को पकड़ पाना सम्भव न था। चार-छह महीने में वह समझ गये। समझते-समझते दिल में जगह दी जा चुकी थी।

एक दिन टीचर जी आये गाड़ी से पढ़ाने। रोज़ तो मोटरसाइकिल से आते थे। एक दिन परदा लगी सफ़ेद एम्बेसेडर लेकर आ गये। सब कुछ पहले से तय था। सब अपने काम में लगे थे और पूजा कुमारी ने पर्स उठा कर, कुछ गहने, रुपये रखे और घर से निकल गयी। कार उन्हें लेकर गाँव से बाहर। पूजा बहुत खुश थी, आजादी मिल गयी थी। वह कहीं भी जा सकती थी। उसने मुजफ़्फ़रपुर पहुँचते ही टीचर जी को नमस्ते कहा और कुछ पैसे देकर विदा ली। टीचर भौंचक्का, बुक्का फाड़ कर रो पड़ा—"आपने मेरा इस्तेमाल किया...मेरा जीवन बरबाद...आपके घरवाले मुझे नहीं छोड़ेंगे...मैं भी आपके साथ दिल्ली चलता हूँ, दोनों मिलकर वहाँ नयी ज़िन्दगी शुरू करेंगे..."

पूजा कुमारी ने उनके पैर पकड़ लिये, अपने सपनों की दुहाई दी। पूरा जीवन खोल कर रख दिया। टीचर को दया आयी, उसने रात भर रुकने का इंतज़ाम कर दिया। सुबह वाली ट्रेन पकड़ कर वह दिल्ली कूच करने वाली थी।

मुजफ़्फ़रपुर स्टेशन पर वैशाली एक्सप्रेस लगी हुई थी। पूजा हमेशा के लिए पुरानी ज़िन्दगी से आज़ाद हो रही थी। अपने शहर को आँख भर देखा—आँखें छलछला आयीं। बिना किसी सामान के वह ट्रेन में चढ़ने जा रही थी... टीचर दूर खड़ा बेबस नज़र आ रहा था। उसकी आँखों में क्या था, पूजा भाँप न सकी। बोगी में अन्दर अपनी सीट ढूँढ़ती हुई जब पहुँची तो एक बार फिर

गश खाकर गिर गयी। किस्मत ने दूसरी बार धोखा दिया था। साक्षात पतिदेव सीट पर बैठे थे। साथ में पूजा कुमारी के मामा। दिलजले आशिक, टीचर का कहर इस तरह टूट पड़ा था।

ज़िन्दगी फिर वहीं गाँव के उस घर में लौट आयी। पहले से बदतर, कैदखाने में दस साल कटे। जब बच्चे बड़े हुए तो उनकी पढ़ाई के लिए मुजफ़्फ़रपुर की जगह मोतिहारी का चयन किया गया, पूरा मोहल्ला जान-पहचान वालों का था। पतिदेव गाँव से आना-जाना करते थे। पूजा बच्चों में रम गयी थी और गणित भूल चुकी थी।

पूजा कुमारी की कहानी संक्षेप में सुन कर मुझे लगा—रुपहले परदे पर कोई फ़िल्म चल रही थी, उसका शो खत्म हुआ। मुझे अब यहाँ से जाना चाहिए।

"क्या अब भी भागने का हौसला बाकी है आप में... ?"

मेरे मुँह से इतना ही निकला।

"उस दिन आप लोग हमको पसन्द कर लेतीं तो भागने की नौबत बार-बार न आती...हम सेट हो गये रहते। हम क्या इतने बदसूरत थे, आपके भाई के लायक नहीं थे, हमने आपके भाई को देखा था, वे तो हमसे कमतर लगे। फिर क्यों हमको छाँटा..."

"तो हम कसूरवार... ?"

"आप, आप जैसी औरतें और ये पूरा समाज। जाने कितनी लड़कियाँ भेड़-बकरी की तरह ब्याह दी गयीं, उनसे पूछा तक न गया, कितनी छाँट दी गयीं, कितनों के अरमान मिट्टी में मिल गये, कितनी सुन्दर लड़कियाँ, कैसे-कैसे बदसूरत लड़कों से ब्याह दी गयीं, आपको अन्दाज़ा है कुछ? आप जैसी औरतों ने ही छाँटा है लड़कियों को।"

"अब किस चीज़ की तलाश है आपको, क्यों कर रही हैं ये सब ? क्यों खतरा मोल ले रही हैं ?"

"मैडम, आप किताब पढ़ी हैं, हम ज़िन्दगी पढ़े हैं, हम पनिया जहाज़ हैं, तूफ़ान में घिरे हुए हैं, हमको मौसम का नहीं पता, बस पार उतरना है, इन्हीं लहरों के भरोसे..."

पूजा कुमारी उर्फ़ पूजा देवी झिलमिलाती हुई उठी। आँखों में दर्द की जलन थी और वह रो रही थी।

मेरी स्मृतियों में सज़ा की मिथकीय छवियाँ थीं, मुझे सूली पर लटकाया जा रहा था, खौलते तेल की कड़ाही में पटका जा रहा था, अंधे कुएँ में धकेला जा रहा था...मैं तड़प रही थी।

लेकिन उस असहनीय स्थिति में भी मैं खूब चालाक और चपल थी।

मैंने सज़ा पाते वक़्त झट पूजा कुमारी का भेस बदल लिया था और अब वही दीख रही थी मेरे बदले, मचलती तड़पती।

मेरे कानों में लहरों का शोर बढ़ने लगा था। मैंने थरथराते हुए हाथ बढ़ाया। जहाज़ डूब चुका था।

मेरे हाथों में काँपते हुए मस्तूलों के टुकड़े थे।

एकान्त

वे पर्चियाँ नहीं ज़िन्दगी की अर्ज़ियाँ थीं जिन्हें उसके मर्मांतक एकान्त ने लिखा था। रेचल जब कमरे में घुसी तो ज़िन्दगी की अर्ज़ियों से जा टकराई। उसे अन्दाज़ा न था कि तीन महीने से बन्द कमरा किसी स्त्री की एकान्त ज़िन्दगी की अर्ज़ियों से इस कदर भरा होगा। पच्चीस साल की एक लड़की सहमी, दबी-सी उस एकांत में दुनिया के नाम, प्रेमी के नाम, समाज के नाम, माँ-बाप के नाम और ज़िन्दगी के नाम दुनिया के सबसे छोटे-छोटे खत लिख रही थी। सारे खत अनपढ़े थे। शायद पढ़ने के लिए लिखे ही नहीं गये थे। वे खत नहीं, करुण चीत्कार से भरे बवंडर थे। हर वक्त उस बन्द कमरे में उठा करते और वहीं दफ़्न हो जाते। लड़की का चेहरा जैसे स्याही पोत गया हो, बवंडर...पर्चियों-अर्ज़ियों के बवंडर में धूल नहीं, स्याही उड़ा करती है। नीली-काली-लाल स्याही की सूखी परतें कमरे की हर चीज़ को ढँक रही थीं। पलंग, कुर्सी-टेबल, दीवारें, फ़र्श सब उन अर्ज़ियों से पटे पड़े थे, जिन्हें वह हर वक्त लिखा करती थी।

पिछले तीन महीनों में यही तो किया। बाहर तूफ़ान उठाती रही दुनिया, वो बाहर न निकली सो न निकली। घरवाले दरवाज़े खटखटा के हार गये, नहीं खोला तो नहीं खोला। कब चुपके से किचन से थाली उठा लेती और जीने लायक रोटी खाकर बचा हुआ खाना थाली समेत वहीं धर देती, किसी को पता नहीं चलता। वह जीना चाहती थी, इसीलिए खाती थी। जीना ज़रूरी था कि उसे ज़िन्दगी के नाम बहुत से खत लिखने थे। वह कालबोध से परे

जा चुकी थी। उसे तो तब पता चला जब एक अजनबी अमेरिकन लड़की रेचल ने बताया कि तीन महीने से वह कमरे में कैद है। रेचल के लिए कैसे दरवाज़ा खोल दिया, उसे खुद भी यकीन नहीं हुआ। तीन महीने से कोई पुकार उसे सुनाई नहीं दी। सारी इंद्रियों ने काम करना बन्द कर दिया था। कोई एक इंद्री जगी हुई थी जो हर वक्त अर्ज़ियाँ लिखवाती जा रही थी। इसी इंद्री के अधीन थी इन दिनों।

रेचल ने आँखों-ही-आँखों में कमरे का मुआयना किया। दोनों अजनबी थे एक-दूसरे से। रेचल की निगाहें जहाँ फटी हुई थीं, शाल्वी की निगाहें सपाट, बंजर की तरह उसे डरा रही थीं। शाल्वी चुपचाप पलंग पर जाकर बैठ गयी। रेचल थोड़ी देर ठिठकी रही। उसे एक पल को समझ नहीं आया कि बात कैसे शुरू करे, क्या कहे...वह पहला वाक्य बुनती रही भीतर। परिचय तो पहले ही दे चुकी थी, दरवाज़ा खटखटाते हुए। आधा घंटा लगा, रेचल का गला सूख गया बोलते-बोलते...क्या-क्या नहीं कहा। अपने स्त्री होने का हवाला दिया, साथ होने का वादा किया, साथ कहीं दूर निकल जाने का भरोसा दिया, समाज से लड़ने का हौसला दिया, ज़िन्दगी की दुहाई दी, उसे अपनी अस्मिता की याद दिलाई, सब बेअसर। दरवाज़ा पीटते-पीटते, बोलते-बोलते थक कर माथा पीट लिया रेचल ने। अंत में वही बोल गयी, जो उसे नहीं बोलना था। सोचकर आयी थी कि आशीष का नाम नहीं लेगी। उसे अनुमान था कि आशीष के नाम से भड़क सकती है। कोई अप्रिय घटना भी घट सकती है। वह अपनी स्त्री संवेदना को भुनाना चाहती थी। जिस संवेदना ने उसे इस दरवाज़े तक पहुँचाया था, उसके तार वह शाल्वी से भी जोड़ना चाहती थी।

रेचल बोल गयी...

"मेरे लिए न सही, आशीष के लिए खोल दो दरवाज़ा...उसने खत भेजा है तुम्हारे नाम...वो अपने किये पर बहुत शर्मिंदा है, मैं उसकी माफ़ी लेकर आयी हूँ...उसको माफ़ कर दो...खत पढ़ लो...मैं लौट जाऊँगी...एक बार... मिल लो...बात करो मुझसे...मैं मेहमान हूँ तुम्हारी...शाल्वी...प्लीज़..."

"आशीष तुमसे शादी करना चाहता है...उसने तुम्हें अमेरिका बुलाया है...मैं तुम्हें लेने आयी हूँ..."

भड़ाक से शाल्वी ने अनुत्साहित ढंग से दरवाज़ा खोला...जैसे इस वाक्य का कोई उत्साहजनक असर न हुआ हो।

रेचल के साथ खड़ी शाल्वी को देख माँ को ज़रा भी अन्दाज़ा नहीं था कि शाल्वी एक अजनबी लड़की के आग्रह पर दरवाज़ा खोल देगी। आशीष का नाम उस दरवाज़े के लिए पासवर्ड साबित हुआ था। रेचल ने तो अपनी तरफ़ से अन्तिम अस्त्र छोड़ा था। उसे लग रहा था कि खाली हाथ लौटना पड़ेगा। लेकिन दरवाज़ा खुल गया था और अन्दर गुफा की यात्रा के लिए रेचल तैयार न थी।

रेचल जब जनकपुरी की उस तंग गली में घुसी तो अन्दाज़ा नहीं था कि भारत का उच्च-मध्य वर्ग अभी भी तंग गलियों में बसता है। वह तो गुड़गाँव की ऊँची-ऊँची बिल्डिंग देखकर आश्वस्त थी कि तंग गलियों से निकलकर लोग यहाँ शिफ़्ट हो गये होंगे। शाल्वी के घर का पता छोटे से कागज़ पर लिखकर साथ लेकर गली में घुसी थी। अपने साथ आए पुरुष मित्र को उसने गली के मोड़ पर ही रोक दिया। पहली बार उसे साथ लेकर जाना ठीक नहीं लगा। पुरुष मित्र रोहन वहीं चाय के ठीहे पर बैठ गया। रेचल गली में घुसती चली गयी। एकाध छोटी-छोटी दूकानें खुली हुई थीं, उनमें कहीं कोई स्त्री बैठी दिखी तो कहीं कोई अधेड़। उसने कागज़ पर हिन्दी में लिखा पता दिखाया। दूकान पर बैठी थुलथुली औरत ने हाथ के इशारे से बताया कि सौ मीटर आगे जाकर दायीं ओर मुड़ जायें, फिर वहाँ किसी से पूछ लें।

दोपहर में गली थोड़ी खाली-खाली थी। रिक्शे, साइकिल की आवाजाही थी मगर भीड़-भड़क्का कम था। रेचल गली के अन्दर धँसती चली जा रही थी। औरत के बताये गली के मोड़ से वह दाएँ मुड़ी तो एक अधेड़ लड़खड़ाता हुआ आता दिखा। और कोई दिख नहीं रहा था कि किसी से पूछे। पक्की गली के दोनों तरफ़ बने मकानों के दरवाज़े या तो बन्द थे या प्रिंटेड-मटमैले परदे लहरा रहे थे। ईंटें बदरंग हो चुकी थीं और कहीं-कहीं प्लास्टर उखड़ कर लटक गये थे। भारतीय बसंत इतना सूना और मटमैला होता है, रेचल पहली

बार देख रही थी। इसके पहले वह भारत एक बार आयी थी, फरवरी में। सीधे गुवाहाटी गयी, वहाँ राष्ट्रीय आपदा प्रबंधन का लाइव डेमो देकर वापस न्यूयॉर्क लौट गयी थी। दिल्ली भी ठीक से नहीं घूम पाई। फ़ैब इंडिया से दो-चार कुर्ते लेकर ही भारत यात्रा सम्पन्न हो गयी थी। भारत उसके भीतर धँसा था कि फिर आयेगी ज़रूर। किसी-न-किसी काम के बहाने। उसे पता नहीं था कि दुबारा आयेगी तो इस तरह कि जैसे ज़िन्दगी की तलाश में निकली हो।

जनकपुरी की उस तंग गली में जहाँ मकान एक-दूसरे से गुँथे हुए थे, लगता था एक गिरा तो दूसरा अपने आप भरभरा कर गिर पड़ेगा। इन मकानों को देखते हुए रेचल ने सोचा कि आपदा प्रबंधन की ज़रूरत और प्रशिक्षण तो इन गलियों में रहनेवालों को ज़्यादा है। रेचल को लगा, उसकी साँसें घुट रही हैं, गुत्थमगुत्था मकानों को देखकर। एक-दूसरे पर चढ़ आने को आतुर मकान...कैसे इनके भीतर ज़िन्दा लोग रहते होंगे। ऐसे मकानों को बदलते मौसमों का पता कैसे चलता होगा। बाहर ऊँचे बरामदों पर एकाध गमले में उगे पौधों से या गली में आने-जाने वाले चेहरों से, कोई तो होगा जो मौसम का पता लाता होगा। वह समझ नहीं पा रही थी कि बिना बाहर झाँके भीतर कैसे जीते होंगे लोग। बसंत गायब है यहाँ सीमेंट के जंगल में। बसंत तो पेड़ों पर दिखता है, वेनिस के घरों की खिड़कियों पर लदे सदाबहार फूलों की तरह। सोचते-सोचते उसे अपना घर याद आया।

न्यूयॉर्क से एक घंटे की दूरी पर लौंग आईलैंड में बनी कोठियाँ कितनी रमणीक लगती हैं। घर के आगे-पीछे घास के बड़े मैदान और पेड़-पौधों की कतारें। पीछे के जंगल से हिरण और खरगोश कभी भी, अदृश्य इच्छाओं की तरह कुलाँचे भरते चले आते हैं और लोप भी हो जाते हैं। ऐसे घर को छोड़कर कभी मैनहट्टन के अपार्टमेंट में जाने का मन न हुआ। रोज़ ट्रेन से यात्रा करके न्यूयॉर्क स्थित दफ़्तर आना मंजूर था उसे मगर मकान पर सवार मकान बिलकुल नहीं पसन्द।

जनकपुरी की गली में रहने वाले शाल्वी के परिवार पर उसे हैरानी हो रही थी। आशीष ने बताया था कि शाल्वी के पिता साउथ कोरिया में ब्यूटी प्रोडक्ट्स का व्यवसाय करते हैं, सिर्फ़ माँ और बेटी दिल्ली में हैं। शाल्वी ने

भी देहरादून में पढ़ाई की थी। इतना सम्पन्न परिवार क्यों इस गली में रहेगा, यह सोचकर चकित हो रही थी। गली के मोड़ से जैसे ही मुड़ी, हरे-पीले रंग का दोमंज़िला मकान दिखाई देने लगा। तेज़ी से कदम बढ़ाए। मकान का बरामदा गली की सड़क से मिला हुआ था। छोटा गेट था, भीतर से बन्द। उसने गेट अन्दर हाथ बढ़ाकर खोल लिया। खटखटाने की ज़रूरत नहीं पड़ी। सामने दरवाज़ा था, वुडेन कलर का, नक्काशीदार। बाहर नेम प्लेट पर लिखा था—

श्री शाल्व प्रसाद वर्मा।

सुधा वर्मा और शाल्वी

समझ गयी कि सही पते पर पहुँची है। बहुत साहस जुटाकर बेल बजाई... कुछ देर तक। पहले बरामदे की खिड़की से कोई झाँका। थोड़ी देर सन्नाटा रहा। फिर बेल बजाई। दरवाज़ा खुला। एक अधेड़ पुरुष और उनके पीछे अधेड़ औरत जिनके चेहरे पर वीरानी छाई हुई थी। उन्हें देखकर उसे उजाड़ का बोध हुआ। ड्रॉइंग रूम में सजावट अच्छी थी। लेकिन सब प्राणहीन लग रहे थे, जैसे किसी ने मुद्दतों से उन्हें छुआ न हो। रेचल को देखकर दोनों थोड़े असहज हो उठे। रेचल ने आपदा प्रबंधन का कौशल दिखाते हुए उन्हें अपनी बातों से सहेज लिया। हिन्दी मिक्स अंग्रेज़ी में वह काफ़ी दक्ष थी। लेकिन उसके होश उड़ गये जब पता चला कि जिसकी खोज में यहाँ तक आयी है वो पिछले तीन महीने से एक कमरे में कैद है और अपने घरवालों से भी बात नहीं की। बाहरी दुनिया से खुद को पूरी तरह काट लिया है। रेचल हतप्रभ थी। उसे यहाँ तक आने से पहले ऐसा अंदेशा नहीं था। उसकी कल्पना से परे था कि कोई लड़की खुद को कमरे में इस तरह कैद कर ले। वह व्यग्र हो उठी। अधेड़ दंपति ने बहुत रोका, पर वो न मानी। उसने आश्वस्त किया कि एक बार उसे मौका देकर देखें...हो सकता है हालात सामान्य हो जायें।

पिता बोले—"पहले जैसी तो नहीं हो पायेगी न।"

माँ बोली—"हमारी इज़्ज़त तो वापस नहीं आयेगी न।"

रेचल हैरान थी लेकिन भारतीय समाज की मानसिकता से अनभिज्ञ नहीं थी। इतना तो अध्ययन उसने कर ही लिया था कि किसी भी स्थिति को हैंडल कर सके।

वह कमरे के अन्दर बन्द शाल्वी से बात करना चाहती थी। उसके पूर्व, भगोड़े प्रेमी का पत्र उसको पढ़वाना चाहती थी। उसे अँधेरे से बाहर लाना चाहती थी। क्या सोच कर आयी थी, कैसे हालात का सामना करना पड़ गया। रेचल उस छोटे से कमरे के बाहर खड़ी होकर देर तक गुहार करती रही...

गहरे सदमे में डूबे अधेड़ दंपति को उसने ड्रॉइंग रूम में ही रोक दिया। इतना सब कुछ करने के लिए रेचल को कितने पापड़ बेलने पड़े, वही जानती है। किसी अजनबी, विदेशी लड़की पर भरोसा इतना आसान कहाँ। वो भी हादसे वाले घर में विश्वास बहाली जल्दी सम्भव नहीं होती। रेचल ने अपना पहचान पत्र सामने रखा, आशीष का मैसेज दिखाया, पत्र दिखाया, अपना पासपोर्ट–वीज़ा सब...और अन्त में अपनी चाहत भी बताई। चाहत ने ही अधेड़ दम्पति को थोड़ा आश्वस्त किया।

रेचल ने आशीष को अमेरिका फ़ोन लगाया और वस्तुस्थिति बता कर फ़ोन शाल्वी की माँ को फ़ोन पकड़ा दिया।

"तुमने अच्छा नहीं किया बेटा...जब उसे तेरे साथ की ज़रूरत थी, तू उसे छोड़ गया। हमें ज़माने से नहीं तेरे से गिला है। कैसा प्रेम था तुम्हारा। उसकी देह से प्रेम करते थे कि उसकी आत्मा से...प्रेम क्या देह से होता है...मन कुछ नहीं होता। इतनी जल्दी कैसे मन अलग हो गया तुम्हारा...मुझे तो सब कुछ बताती थी शाल्वी...उस रात तुम्हीं ने उसे पार्टी के लिए दबाव बनाया, देर रात हुई तो तुम्हें छोड़ने आना चाहिए था...तुमने पिलाया मेरी बेटी को और दरिंदे के हवाले कर दिया...और अब पल्ला झाड़ गये...तुम्हें समाज की चिन्ता हो रही है और मुझे नहीं...हमारे ऊपर क्या बीत रही है, तुम कल्पना कर सकते हो...मेरी बेटी का क्या कसूर था...वह ज़िन्दा रही तुम्हारे लिए...सोचा कभी... हमारे लिए...हमारी इकलौती बेटी है...मर जाती तो हम कहाँ जाते...तुम दरिंदे से कम नहीं निकले...उसने तो ज़िन्दा छोड़ दिया...तुमने जीते जी मार दिया... दोहरा सदमा नन्ही–सी जान नहीं झेल पा रही है...मर जायेगी एक दिन बन्द–बन्द...तुम्हें मेरी बद्दुआ लगेगी...देखना...कायर कहीं के..."

शाल्वी के पिता दीवार से टिककर गम में डूबे थे। चश्मे के भीतर आँखें डूब चुकी होंगी। रेचल ने फ़ोन उनके हाथ से ले लिया, वे एकतरफ़ा विलाप

किये जा रही थीं। मानो लम्बे समय से जमी हुई चुप्पी का विस्फोट हुआ हो। फ़ोन पर आशीष गिड़गिड़ा रहा था...

"आंटी जी...प्लीज़...मेरी बात सुनिए...आई एम सॉरी...मुझसे बहुत बड़ी भूल हो गयी...मैं प्रायश्चित करने को तैयार हूँ...मुझे उस हालत में आप सबको छोड़कर नहीं जाना चाहिए था, शाल्वी से रेचल को मिलवा दीजिए..."

"चलो, कैच यू लैटर..." रेचल ने फ़ोन कट कर दिया। वह बहस करने की बजाय समाधान ढूँढ़ने में यकीन करने वाली लड़की थी। अभी जिस मिशन पर आयी थी, वह चंद्र–मिशन से ज़्यादा मुश्किल लग रहा था। जीसस से दुआ कर रही थी मन–ही–मन कि सब कुछ प्लानिंग के अनुसार हो कि मिशन सफल रहे। यह ज़िन्दगी का पहला आपदा प्रबंधन था जिसमें वह फ़ेल नहीं होना चाहती थी। यह सिर्फ़ ज़िन्दगी ही नहीं, सम्बन्धों के पुनर्वास का भी मामला था।

फ़ोन पर्स में रखकर वह दरवाज़े पर खड़ी हो गयी थी।

शाल्वी की माँ को रेचल किसी देवदूत की तरह लगी जो कलंक मुक्ति का संदेश लेकर उनके दरवाज़े पर खड़ी थी। आशीष को फ़ोन पर खूब कोसा, लेकिन मन–ही–मन आश्वस्ति ज़रूर हुई कि उनकी बेटी का जीवन बदल जायेगा। आशीष शादी के लिए तैयार हो गया है, यह बड़ी खबर थी सबके लिए। शाल्वी भी इसी गम में डूबी है, शायद यह सुनकर खुश हो जाये। शाल्वी की शादी के बारे में सोचकर मन–ही–मन बहुत राहत मिल रही थी। अँधेरे में रोशनी की किरण नज़र आयी कि शायद उनकी बेटी इस सदमे से उबर जाये, यह जगह छोड़ जाये, कमरे से बाहर निकले और दुनिया का सामना करे। कुछ भी करे, बस एक बार कमरे से बाहर निकले।

वो उस भय से बाहर आना चाहते थे जिसने पिछले तीन महीने से उन्हें हलकान कर रखा था। हर पल वे इस भय में जीते थे कि पता नहीं कब क्या अनिष्ट घट जाये। पता नहीं लड़की क्या कर गुज़रे।

पिछले तीन महीने से वे होश में नहीं थे। पिता कोरिया का व्यवसाय छोड़ कर घर में कैद हो गये थे और माँ सिर्फ़ दूध की थैली लेने या सब्ज़ी लेने ही बमुश्किल जा पाती थीं...इतने में ही सौ बार मरतीं जब आते–जाते

लोग अजीब नज़रों से घूरते या कोई औरत सवाल कर देती...

"आपकी बेटी के साथ ही हुआ न?"

दूध की थैली लिये वो सरपट भागतीं घर की ओर...घर आकर देर तक सुबकती रहतीं। बेटी के दरवाज़े तक जाकर ज़ोर-ज़ोर से चिल्लातीं...

"चल बाहर निकल...हम यहाँ से कहीं दूर चले जायेंगे...हमें नहीं रहना इस मोहल्ले में...हम नहीं रहेंगे यहाँ...हम पापा के साथ कोरिया चले जायेंगे...गुड़गाँव शिफ़्ट हो जायेंगे...तू निकल तो सही यहाँ से..."

भीतर से कोई आवाज़ नहीं आती...

बेबस, असहाय माँ के मुँह से फिर भद्दी गाली निकल जाती...

"मर ही जाती इससे अच्छा...ज़िन्दा रहकर यही तमाशा करना था तो... हम कब तक ऐसे जियेंगे...हमें किस बात की सज़ा दे रही है...?"

अन्दर से आवाज़ आती...महीन-सी...

"प्लीज़...लीव मी अलोन..."

उसके बाद चुप्पी। माँ देर तक सुबकती रहती। विलाप का लम्बा दौर चलता और पिता माथे पर हाथ रखे...सोफ़े पर पसर जाते। ज़िन्दगी सबके लिए एक सवाल बन गयी थी। तीन लोगों की आहों और कराहों की भट्ठी में तब्दील हो रहा था घर। तीनों चाहते थे कि उनका घर समूचे मोहल्ले से कटकर समंदर में बहने लगे, किसी द्वीप में बदल जाये...किसी निर्जन प्रदेश में वे उससे बाहर आयें। पुरखों के मकान आसानी से कहाँ हिलते हैं। उनकी आत्माएँ उसकी बुनियाद को सैकड़ों साल बचाये रखती हैं। यही एहसास शाल्वी के पिता को न होता तो कब के इस घर को छोड़ दिया होता। पुश्तैनी मकान का मोह बहुत बड़ा होता है।

इस घटना के बाद से उन्हें लग रहा था कि सारे पुरखे मकान छोड़कर विदा हो गये हैं। उन्हें भी इस घर को छोड़ देना चाहिए। मकान से मोह-मुक्त हो चुके थे। किसी अनजान नगर में बस जाना चाहते थे, जहाँ कोई दस सवाल न पूछे, जहाँ निगाहें सज़ायाफ़्ता मुजरिम की तरह न घूरें। जहाँ उनकी बेटी को मुँह न छिपाना पड़े, उसे बुर्का पहनाकर अदालत न ले जाना पड़े।

मगर जायें तो कैसे...अन्दर कमरे में बन्द शाल्वी तक उनकी आवाज़ें

नहीं पहुँचतीं। बेटी बाहर निकलकर बात करे तो जायें कहीं। जब मन होता है, अपने आप चुपके से निकलकर ज़रूरी सामान लेती है और फिर कमरे में खुद को कैद कर लेती है।

दोनों धड़कते दिल से रेचल के पीछे खड़े हो गये थे।

और दरवाज़ा खुला।

रेचल को लगा, चंद्रयान के बाहर पूरा अंतरिक्ष अपने रहस्यों के साथ उपस्थित हो गया था। छोटे से कमरे में ग्रहों, नक्षत्रों की तरह छोटी-छोटी पर्चियाँ दीवारों में चिपकी हुई थीं। बन्द कमरा गंधा रहा था। महीनों से धूप, हवा पहुँच नहीं पाई हो तो वहाँ कैसा लगेगा। कमरे में घुटती हुई साँसों की गंध और गरमाई भरी हो जैसे...जो छोड़ी तो गयीं, बाहर निकली नहीं...दीवारों पर चिपककर रह गयी हों नमी बनाती हुईं।

रेचल ने बात करने से पहले खिड़की खोली, परदा हटाया, सामने सटी हुई छत पर कोई युवा स्त्री आवा जाही कर रही थी। उसका ध्यान दूसरी तरफ़ था। रेचल को समझ में आया कि इस कमरे की खिड़की क्यों बन्द रहती है। सटी हुई छत पर जाने कितने लोगों की आवाज़ें आती होंगी, उनकी चहलकदमियाँ होंगी, फुसफुसाहटें होंगी। अपने निर्वासन में अकेली लड़की बाहर के दृश्यों और आवाज़ों से बेज़ार हो चुकी होगी।

"इस एकान्त में क्या कर रही हो आप?"

"मैं आपको जवाब देने के लिए बाध्य नहीं हूँ।"

"मैं आपसे बात करने, किसी का मैसेज आपको देने के लिए बाध्य हूँ..." रेचल हौले-से मुस्कुराई।

"इट्स माई लाइफ़...जैसे चाहूँ रहूँ...मेरे प्रतिरोध का तरीका यही है..."

"आई अंडरस्टैंड..." रेचल ने उसकी तरफ़ हाथ बढ़ाया। उसकी दुबली-पतली सूखी हथेलियों को थामना चाहती थी। कई बार किसी को स्पर्श से भी जान जाते हैं। देह-गंध और दैहिक-स्पर्श कई बार व्यक्तित्व के रहस्यों को खोलते हैं। वह छूना चाहती थी ताकि तुरत आत्मीयता की नरमाई उसके भीतर रोप सके।

लेकिन शाल्वी सख्त हो चली थी।

''बेहतर होगा आप यहाँ से चली जायें...मैं आपसे कोई बात नहीं कर पाऊँगी...'' शाल्वी ने दुबली बाँहें उठा कर दरवाज़े की ओर इशारा किया।

''मैं तुम्हें इस हाल में छोड़कर कभी नहीं जाऊँगी...तुम बात करो या न करो...मैं किसी मकसद से आयी हूँ...उसे पूरा किये बिना तो हिलूँगी भी नहीं। तुम चाहो तो धक्का दे सकती हो...'' रेचल मुस्काई।

शाल्वी ने मुँह फेर लिया। थोड़ी देर माहौल बोझिल रहा।

''मैं क्या बात करूँ आपसे, अपने को खोज रही हूँ...ज़िन्दगी के कुछ ज़रूरी सवालों के जवाब ढूँढ़ रही हूँ...''

शाल्वी उसकी तरफ़ घूमी। दोनों आँखें बियावान थीं। गहरे धँसी हुईं। जैसे बहुत कोशिश करके पुतलियाँ ऊपर आ रही हों। रेचल अन्दर से हिल गयी।

''इस एकान्त में, निर्वासन में कुछ नहीं मिलेगा...दुनिया से भागो मत, सामना करो, तभी ढूँढ़ पाओगी खुद को। जितना मुँह छिपाओगी, लोग उतना ढूँढ़ेंगे तुमको...शर्मिंदा करेंगे...डटकर जवाब दो...तुम गुनहगार नहीं हो...न ही तुमने कोई पाप किया है...बाहर निकलो...प्लीज़...''

रेचल ने बोलते-बोलते दरवाज़ा पूरी तरह खोला।

मार्च के हल्के गुनगुने मौसम में सीलिंग फ़ैन हाई स्पीड पर चला दिया। दीवार पर लगी सारी पर्चियाँ फड़फड़ाने लगीं। फड़-फड़ की अजीब-सी ध्वनि से कमरा भरने लगा। छोटी, दुबली-पतली क्षीणकाय, शाल्वी कभी सख्त, कभी सहमी, संदिग्ध निगाह से रेचल को देख रही थी। लम्बी छरहरी रेचल ने गौर से उसे देखा—बहुत सुन्दर, गुलाबी होंठों वाली लड़की मुरझा चुकी थी।

रेचल ने दीवारों पर चिपकी हुई पर्चियों को पढ़ना शुरू किया...हिन्दी बिलकुल नहीं पढ़ सकती थी। पर्चियाँ दोनों भाषाओं में थीं...

आई एम द बेस्ट,
आई एम नॉट गिल्टी, मुझे क्यों गुनहगार समझा गया,
आई एम सॉरी मम्मा,
आई विल बी बैक सून...

लिव मी अलोन...
मैं ज़िन्दा रहना चाहती हूँ
आई एम नॉट अ बॉडी, आई एम अ सोल
मैं अपवित्र नहीं हूँ
मैं ज़िन्दा रहना चाहती थी...
आई एम द बेस्ट...
आई लव माई लाइफ़,
तुम्हें ऐसे छोड़कर नहीं जाना चाहिए था,
तुम कायर हो, मैं एक कलंक हूँ
तुम भी आखिर एक टिपिकल इंडियन मर्द ही निकले...
मैं एक खोई हुई मौज हूँ...
जीवन के दुखों से कोई भाग नहीं सकता।
आँसू दुख को धो-पोंछ देता है, हँसी उसे चमका देती है।
रेप में स्त्री आनन्द नहीं लेती, समझे।
मैं लौटूँगी ज़िन्दगी, ज़िन्दगी ईश्वरीय नेमत है।
ज़िन्दगी कभी खत्म नहीं होने वाला सिलसिला है।
देह एक पवित्र अवधारणा है, लीव इट।
अँधेरा ही स्थायी रिलीफ़ होता है, रोशनी छलावा।
प्रेम में कोई जगह नहीं होती पनाह की।
प्रेम एक असम्भव क्रिया है—डोंट रिपीट इट।
अपने अकेलेपन के खंडहर में मैं सेफ़ हूँ
आई एम द बेस्ट...हर चौथी पाँचवीं पर्ची पर इस पंक्ति का दोहराव था।

जाने कितनी बातें, फ़रियादें, अर्ज़ियाँ, ज़िन्दगी की अदालत में दाखिल हो रही थीं। बेड पर कुछ पन्ने रखे थे, कुछ लिखा था उन पर...रेचल जितना पढ़ सकती थी, पढ़ गयी। सारी पर्चियाँ पढ़ने का न धैर्य था न समय।

शाल्वी ने बेड की तरफ़ इशारा किया, जहाँ डायरी के कुछ पन्ने दिखाई दे रहे थे।

"आप पढ़ सकती हैं। मैं फिर से वही सब दोहरा न पाऊँगी...आपको जो जानना हो, वहाँ सब लिख दिया है मैंने...मैं बोल न पाऊँगी..."

रेचल ने अविश्वास से उसकी तरफ़ देखा। हौले-हौले हाथ बढ़ाकर डायरी और उसके बिखरे पन्ने उठा लिए।

"नींद की सीढ़ियाँ चढ़ते-उतरते हुए हर बार काँप जाती हूँ, एक-एक सीढ़ी चढ़ते हुए लगता है बाँस की सीढ़ी चढ़ती हुई अनन्त में जा रही हूँ... निद्रालोक नहीं दिखाई देता, बस लगातार चढ़ती और उतरती हुई खुद को फ़ील करती हूँ और भक्क से आँख खुल जाती है। नींद की दुनिया अँधेरा परदा है जिस पर सपनों की फ़िल्म चलती रहती है...और जागते हुए। जागना भी आतंक है मेरे लिए...।

कौन जगा रहा है मुझे...इस सपनों की फ़िल्म से बाहर कौन बुला रहा है...मैंने सारी पुकारें सुननी बन्द कर दी हैं। मुझे नहीं जागना है...पड़े रहने दो मुझे यों ही...औंधे मुँह..."

दूसरे पन्ने पर लिखा था—

"ये आवाज़ अलग-सी है...कुछ कह रही है...सपनों से खोजती हुई हकीकत तक आ पहुँची है। कैसे अनदेखा करूँ इस आवाज़ को...बहुत अपील है इस आवाज़ में...।

माँ और पापा की आवाज़ें अब बन्द हो चुकी हैं। पिछले तीन महीने में किसी की आवाज़ नहीं सुनाई पड़ी। सारी आवाज़ें जैसे गुप्त तहखाने में जाकर सो गयी हैं। कमरे में बस मैं हूँ...कुछ अर्ज़ियाँ हैं और नींद के कुछ अधूरे टुकड़े।

कौन आया है मेरे दर्दीले एकान्त में सेंध लगाने। मैं बाहरी दुनिया से खुद को कब की बहिष्कृत मान चुकी हूँ...मुझे मत शामिल करो इस शोर-शराबे में...

ओह...दस्तक की आवाज़ तेज़-तेज़ और तेज़...हार न मानने वाली दस्तक लग रही है। साथ में अजनबी आवाज़, जो बहुत कातर लग रही है।"

एक पन्ने पर पूरी कहानी लिखी थी...

"दहशत का एक साया अक्सर आधी रात को अँधेरे कमरे में उतरता है और मेरी काया में प्रवेश करता है...कभी मुझे दबोच लेता है...मेरे गले पर कोई नुकीला हथियार रख देता है...अपने पंजे मेरी गर्दन में गड़ाता है और

पैरों से मेरी दुबली-पतली, छोटी-सी देह को लॉक कर देता है। साया कान में बुदबुदाता है...

"खबरदार...किसी को बताया तो...तुम्हारी फ़िल्म बना रहा हूँ...किसी को बताया तो वीडियो वायरल कर दूँगा...बचना चाहती हो तो चुपचाप मेरी बात मान जाओ...मैं नहीं मारूँगा तुम्हें...नहीं तो देख लो...सामने नाला है, रोज़ लाशें वहाँ मिलती हैं, एक लावारिस लाश और सही...चेहरा बिगाड़ कर फेंक दूँगा...चुपचाप पड़ी रह..."

साया मुझमें अँधेरे की तरह उतरता चला जा रहा है...रगों का सारा उजाला बाहर छिटक कर आ गया है...मैं खुद को नहीं पहचान पा रही हूँ...मेरी साँसें घुट गयी हैं...मुझे लगा...मैं मर गयी...साये ने मुझे झकझोरा...मैं हल्के होश में आयी...ओह...मैं बच गयी...

साया चिंघाड़ा..."करने दे मुझे, चुपचाप पड़ी रह..."

"कर लो..." निढाल होते हुए मैं बुदबुदाई...नुकीली चीज़ चुभती रही गर्दन पर। हल्का जख्म लगा होगा। कुछ रिसाव-सा महसूस हुआ गर्दन पर,...

मैं अचेत पड़ी रही...मैं उस वक्त मरना नहीं चाहती थी...जीने की इच्छा बलवती हो रही थी। मुझे लगा, अगर मैं विरोध न करूँ तो शायद बच जाऊँ। नहीं तो मार देगा। हल्के अँधेरे में उसकी आँखें बनैले पशु की तरह चमक रही थीं। मैं ज़िन्दा रहना चाहती थी ताकि इससे बदला ले सकूँ। मैं ज़िन्दा रहना चाहती थी कि मुझे आशीष से प्रेम था और मैं उसके साथ ज़िन्दगी बिताना चाहती थी। उसके साथ जीने-मरने की कसमें खायी थीं। साये ने मुझे अचेतावस्था में गली के मोड़ में लुढ़का दिया। मेरे मोबाइल का नम्बर लिया।

मैं लड़खड़ाती हुई उठी कि मोबाइल बज उठा—

"जब बुलाऊँगा, आना पड़ेगा तुझे...समझी...नहीं तो देख लेना...खबरदार...किसी को बताया..."

उसी साये का फ़ोन था, जो मेरी कैब का ड्राइवर था। जिसके साथ मैं पब से पार्टी करके देर रात घर लौट रही थी।

वह नवम्बर की शाम थी। सप्ताहांत में दफ़्तर से ऊबे अघाए सभी दोस्तों ने तय किया कि पैसे पूल करके पार्टी होगी, पब में। आशीष ने कैब

बुलाई और मुझे घर रवाना किया। मैं वोदका के हल्के नशे में थी। रात भी ज़्यादा हो रही थी। हल्की-हल्की मुझे नींद आने लगी थी। मैं ऊँघने लगी। अचानक सचेत हुई जब लगा गाड़ी रुकी है कहीं। कोई साया मुझे दबोच रहा है। कैब का ड्राइवर था जो पिछली सीट पर मौजूद था। गाड़ी किसी गहरे नाले के पास रुकी हुई थी, ऐसा उसकी बात से पता चला। मुझे कुछ दिखाई देना बन्द हो चुका था...

मैं जब कंकड़-धूल से भरी गली के मोड़ पर लुढ़का दी गयी, जब वे ज़ोर से चुभे, मेरी चीखें निकलीं तब मुझे अपने ज़िन्दा होने का एहसास हुआ। नवम्बर की ठण्डी रात की सर्द हवाओं ने मुझे होश दिलाया कि मैं ज़िन्दा हूँ। क्योंकि मैं जीना चाहती थी। काँपते हाथों से मोबाइल उठाया, और जाती हुई कार की नम्बर प्लेट की फ़ोटो खींच ली। तभी फ़ोन की घंटी बजी। इत्ती रात... शायद आशीष होगा, चिन्तित होगा कि घर ठीक-ठाक पहुँची या नहीं। वह अनजाना नम्बर था। उधर से धमकी सुनाई देती रही और फ़ोन कट हो गया।

जब कार नज़रों से ओझल हो गयी तो मैंने वही किया जो एक ज़िन्दा मनुष्य को करना चाहिए था। जिसके लिए मैं ज़िन्दा रहना चाहती थी..."

इसके आगे कुछ नहीं लिखा था...

रेचल ने सवालिया निगाह से अँधेरों से जूझती हुई स्याह छाया में बदलती जा रही शाल्वी की तरफ़ देखा—

"सुबह तक ड्राइवर पकड़ा जा चुका था। आशीष को यह शिकायत है कि मैंने रेप की बात पहले पुलिस को क्यों बताई। यही शिकायत मेरे पैरेंट्स की भी है। सबका कहना है कि पहले उन्हें बताना चाहिए था और फिर सब मिलकर सोचते कि क्या करना है। हो सकता है, बात को दबा देते। किसी को क्या पता चलता। लेकिन मैं नहीं चाहती थी ऐसा। मैं जानती थी घरवालों को बताने का हश्र क्या होगा। हम अपने पैरेंट्स को जानते हैं। उनकी नज़र में मेरी इज़्ज़त चली गयी, उनकी भी गयी, मेरी नज़र में इज़्ज़त-विज़्ज़त, माई फ़ुट। मेरा आत्मसम्मान गया कि मेरे साथ ज़बरदस्ती हुई लेकिन...।"

"लेकिन क्या..." रेचल ने चुप देखकर टोका। उसकी आत्मा कराह रही थी। उसके जीवन का पहला मामला था, रेप जैसी जघन्य वारदात से गुज़र

चुकी कोई लड़की सामने खड़ी अपनी बात बता रही थी।

''आई फ़ेल्ट एज़ इफ़ आई वाज़ रेप्ड ट्वायस...मेरी देह का नहीं, मेरी आत्मा का हुआ है। एक बार नहीं, दो-दो बार...। वन्स बाई द रेपिस्ट, एंड देन बाई आशीष हिमसेल्फ़...देह के ज़ख्म भर गये, आत्मा के ज़ख्म ज़िन्दगी भर नहीं भरते मैडम...''

''ओह...'' रेचल अवाक् होकर सुनती रही। कितने तूफ़ान सीने में दबाए बन्द थी यह लड़की। उस वक्त एक साथ कई तरह के भावों से गुज़र रही थी। शाल्वी के प्रति अगाध सहानुभूति, आशीष के प्रति गुस्सा, रेपिस्ट के प्रति भयंकर घृणा।

शाल्वी का बोलना जारी था...

''जब उसने कहा कि ये बात तुम्हें पुलिस को नहीं बतानी चाहिए थी और मुझे भी नहीं, किसी से भी नहीं...किसी को क्या पता चलता...तुम कौन-सी वर्जिन हो यार...किसको शक पड़ता...''

''छिः...इतनी गन्दी बातें कैसे कर सकता है।''

''आशीष ने यह भी कहा कि तुमने रेप का आनन्द लिया...बिकॉज़ आई वाज़ ड्रंक...तुम डरी क्यों, क्या करता, ज़रा-सा ज़ख्म-वख्म बनता...तुम जूझतीं तो उससे...तुमने हो जाने दिया...यकीन नहीं आ रहा कि कोई लड़की रेप कैसे हो जाने देगी...निर्भया का केस देखो...क्या हालत हो गयी थी उसकी...मरते मर गयी, रेप नहीं होने दिया...''

''आशीष...'' मैं चिल्लाई...''तुम चाहते थे कि मैं मर जाती...वो मुझे मार देता...आज तुमसे बात नहीं कर पाती मैं...''

''ओके ओके... पुलिस को कॉल क्यों...बहुत बहादुर बनना चाहती थी... व्हाई... ? तुम्हें ज़रा भी हमारी प्रतिष्ठा की चिन्ता नहीं हुई...''

शाल्वी कँपकँपाते हुए बोल रही थी। रेचल ने उसके कन्धे पर हाथ धर दिया। दुबली काया कितनी ठंडी हो रही थी। भय से या पता नहीं क्यों...कमरे में पड़ी हुई इकलौती कुर्सी पर शाल्वी को बिठा दिया।

''देखो जी, इसने तो हमें भी बाद में बताया। पहले पुलिस को फ़ोन कर चुकी थी। हमें बताती तो शायद हम इसकी कोई मदद कर पाते...सोच-विचार

कर कदम उठाते...इसने सब कुछ जल्दी-जल्दी कर दिया...''

शाल्वी की माँ कमरे में आ गयी थीं।

''क्या करतीं आप, उसके बाद? जब मैं बरबाद हो गयी थी तो जो मुझे ठीक लगा वही किया। मुझे पता था कि आप लोग क्या करते। आप मुझे पुलिस केस नहीं करने देते और मेरा ज़िन्दा रहने का मकसद पूरा नहीं होता।''

शाल्वी काँप रही थी। चेहरा लाल भभूका। माँ डर गयीं और वापस लौटने लगीं।

''हम कम-से-कम इस मोहल्ले से छुटकारा तो पा जाते...यहाँ रहकर हम पर क्या गुज़र रही है, तुम क्या जानो...''

''आपको शर्म आ रही है कि आपकी बेटी के साथ रेप हुआ है...आपकी इज़्ज़त चली गयी है, आप लोग मुँह दिखाने लायक नहीं रहे...मैं सब समझ रही हूँ...मैं हमेशा के लिए आप लोगों को, आपका घर छोड़कर चली जाऊँगी...आप पापा के साथ कोरिया चले जाइए...''

शाल्वी हाथ जोड़े अपनी माँ से गुहार कर रही थी।

रेचल ने स्थिति की नज़ाकत को समझते हुए सबसे विदा माँगी। इतनी राहत काफ़ी थी कि शाल्वी खुलकर बात कर पा रही थी और उसके अन्दर का मवाद काफ़ी हद तक बह रहा था।

रेचल ने वादा किया कि कल फिर आएगी। मगर वह कमरे में खुद को इस तरह कैद नहीं करेगी। शाल्वी कुछ नहीं बोली। मौन दीवारें घूरती रही। उसने एक खत पकड़ा दिया।

''इसका जवाब लेने कल आऊँगी...''

रेचल मुस्कुराते हुए बाहर निकली ही थी कि शाल्वी की माँ उसके पास आयीं। लगा, कुछ कहना चाहती हैं।

''सुनिए, आप शाल्वी को बाहर घुमा लाइए, बस ध्यान रहे, गली में ये पहन कर जाये, बाहर भले उतार दे।''

सोफ़े पर बुर्का रखा था। उनका इशारा बुर्के की तरफ़ था। रेचल को बहुत हैरानी, गुस्सा और तरस तीनों एक साथ आया।

अच्छा हुआ, उसका परिवार सालों पहले अमेरिका में बस गया, भारतीय

समाज, माँ-बाप अभी तक नहीं बदले।

मन-ही-मन वह कुछ ठान चुकी थी। उसने शाल्वी के पापा की तरफ़ देखा—

"अंकल, एक बात कहूँ...आपकी बेटी बहुत बहादुर है। आमतौर पर लड़कियाँ उतनी बहादुरी नहीं दिखातीं। कितने केसेज़ दबा दिये गये। केस रज़िस्टर ही नहीं होते, अपराधियों को शह मिलती रहती है, घटनाएँ घटती रहती हैं। कहीं तो ये सिलसिला रुकना चाहिए, लड़कियाँ जब तक साहस करके सामने नहीं आयेंगी, अपराधी नहीं पकड़े जायेंगे तब तक ऐसी घटनाएँ होती रहेंगी...अपराधियों में खौफ़ होना ज़रूरी..."

शाल्वी के पापा बिलख पड़े।

"आप लोगों को शाल्वी का मनोबल नहीं तोड़ना चाहिए था...एक लड़की की ताकत उसकी फ़ैमिली होती है और उसके हर डिसिज़न में साथ खड़ी होती है..."

रेचल तमतमा रही थी। दुख से, क्षोभ से उसका गोरा चेहरा रक्तिम हो उठा था।

पापा का रोना रुक गया।

कुछ पल सन्नाटा छा गया। रेचल ने कंधे उचकाए...दुख की लहरें उसके भीतर पैठ रही थीं। भीतर में लहरें इतना उत्पात मचाती हैं कि उन्हें रोकने की कोशिश में गले में कुछ अटक-सा जाता है। किसी तरह खुद पर नियंत्रण करके उसने अपना ध्यान भटकाना चाहा।

पूरे कमरे का मुआयना कर लिया। खासा सम्पन्न परिवार दिखाई दे रहा था। कलात्मक वस्तुएँ करीने से सजा कर रखी हुईं। शेल्फ़ में कुछ किताबें झाँक रही थीं। सोफ़े पर फ्रिलवाले कुशन कवर रखे थे। साफ़-सफ़ाई का पूरा खयाल रखा गया था। उसे अच्छा लगा कि गम का असर ड्रॉइंग रूम पर नहीं पड़ा। मतलब धीरे-धीरे गम हल्का हो रहा है, सिर्फ़ शाल्वी सामान्य नहीं हो पाई है।

रेचल सोच में डूब गयी। कुछ ऐसा करना होगा कि यह परिवार फिर से उठ खड़ा हो, ताकि दुनिया का सामना कर सके।

शाल्वी के पापा के पास उनके कन्धे पर हाथ रखकर पूछा—

"क्या मैं आप लोगों के पास थोड़ी देर और रुक सकती हूँ?"

रेचल वहीं रुक गयी। उसने फ़ोन पर किसी से बात की। उससे वापस जाने की बात की, और वहीं सोफ़े पर धँस गयी।

"आंटी...आप हमें चाय पिलाइए...कड़क...तबीयत हरी कर देने वाली..."

वह माहौल की मनहूसियत को दूर करना चाहती थी। उसे लगा, चाय नहीं मिली तो वह भी यहाँ की उदासी का हिस्सा बन जायेगी। फिर इस केस का क्या होगा...

उसे कड़क चाय का बेसब्री से इन्तज़ार था।

अगले दिन वह बदले हुए माहौल की उम्मीद लेकर उस घर में घुसी थी। उस दिन ठान कर आयी थी कि मिशन कम्प्लीट कर लेगी। आशीष और शाल्वी को मिला देगी। उसे गली में जाते हुए आशीष पर बेहद गुस्सा आ रहा था। दफ़्तर का सबसे शान्त लड़का कितना दर्द समेटे बैठा है। ज़रा-सी सहानुभूति पाते ही भरभरा कर गिर पड़ा। रेचल को यकीन नहीं हुआ कि शान्त-सा दिखने वाला सॉफ़्टवेयर इंजीनियर अपनी गर्लफ्रेंड को इसलिए छोड़ आया कि उसका रेप हो गया। वह वर्जिन नहीं रही। वह मैली हो गयी या इसलिए कि उसने रेप के वक्त संघर्ष नहीं किया। उसने रेप का आनन्द लिया, बाद में गिल्ट हुआ तो पुलिस को कम्प्लेन की। उसे मुसीबत में छोड़कर अमेरिका भाग आया।

"कायर कहीं का..." पहला शब्द यही निकला था उसके मुँह से। एकबारगी मन हुआ कि मदद से इनकार कर दे। लेकिन भारत जाना ऑफ़िशियली तय हो चुका था। मना करते नहीं बना। फिर रह-रह कर उसे अनजान लड़की शाल्वी की चिन्ता सताती...उसकी मनोदशा के बारे में सोचती कि जिस वक्त उसको अपने प्रेमी की सबसे ज़्यादा ज़रूरत थी, छोड़कर भाग गया। क्या अब तक वो इस कायर के इन्तज़ार में होगी, या भूल चुकी होगी। किस हाल में होगी...रेचल का कोमल मन पिघलता रहा। आशीष गिड़गिड़ाता रहा, पछताता रहा...सीधे बात करने की हिम्मत नहीं जुटा पा रहा था। अपनी गलतियों का प्रायश्चित करने को तैयार था। किसी तरह अपना प्रेम वापस पाना चाहता था।

उसे अमेरिका बुला कर शादी करना चाहता था। और कभी लौटना नहीं चाहता था भारत, उस शहर, उस गली, जहाँ हादसों की स्मृतियाँ हों।

रेचल ने मदद के लिए हाँ कर दी। उसने लम्बा-सा खत लिखा। दिन भर कंप्यूटर पर लैटर टाइप करता रहा...

उस खत को रेचल ने नहीं पढ़ा। वह चौंक गयी, जब शाल्वी ने वैसे ही बन्द लिफ़ाफ़ा उसे वापस कर दिया।

शाल्वी फ्रेश लग रही थी। कमरा साफ़ लग रहा था। कामवाली बाई उसे घूर रही थी, उसे कोई फ़र्क नहीं पड़ रहा था। वह अपनी पर्चियाँ समेटने में लगी थी।

उस कमरे की इकलौती कुर्सी पर रेचल को बैठने का इशारा किया...

शाल्वी की आवाज़ बदली हुई थी—

''जब मुझे बहुत ज़रूरत थी उसकी, कहाँ था वो। न मेरी नींदों में, न मेरे सपनों में, न मेरे रोदन में...अब क्या फ़ायदा...ही इज़ आलसो अ रेपिस्ट...

''उससे शादी करने अमेरिका क्यों जाऊँ? जब उसमें इतना साहस नहीं कि इस गली से, इस घर से, इस शहर से मेरा हाथ पकड़कर सबके सामने मुझे ले जाये, तो मैं क्यों उसके इस गर्व की भागी बनूँ कि उसने एक रेप विक्टिम से शादी की। पतिता उद्धार किया। आई एम सॉरी रेचल। आई एप्रीशिएट यू। आपने जो किया, वो कोई किसी अजनबी लड़की के लिए नहीं करेगा। यू डिड। अब मुझे करना है, जो करना है। मैं तब नहीं मरी तो अब क्या मरूँगी। शायद मुझे कुछ वंडर करना है इस दुनिया में...मैं वापस नौकरी ज्वाइन करूँगी। बस इस गली, मोहल्ले में नहीं रहना चाहती...छोड़ जायेंगे ये घर...मैं कोरिया भी नहीं जाऊँगी...यहीं रहूँगी और लड़ूँगी...मुझे कोई भय नहीं...मुझे ऐसी जगह नहीं रहना जहाँ बुर्का पहनकर बाहर निकलना पड़े या दुनिया से मुँह छुपाना पड़े। सवालिया आँखें मुझे घूरें या किसी की आँखों से सहानुभूति की बूँदें टपकें...''

थोड़ी देर चुप रही। उसके होंठों से लगा कि कुछ और भी कहना चाह रही थी।

''मैं गुड़गाँव शिफ़्ट हो रही हूँ...मैं अकेली रहना चाहती हूँ कुछ दिन...''

उसने निर्णायक ढंग से अपना फ़ैसला सबको सुना दिया।

माँ चीखी ज़ोर से...''क्या हो गया है तुझे। हम तीन महीने से सब झेल रहे हैं...हमें फ्री करो...आशीष से शादी कर लो...''

उनकी चीख रुदन में बदल गयी थी।

''शाल्वी...'' रेचल दुखी हो गयी। उसकी आँखें भर आयीं।

आशीष का कातर चेहरा दिखाई देने लगा...झिलमिलाते आँसुओं के बीच...कैसे यकीन दिलाए कि उसे अब भी उतना ही प्रेम करता है, किस तरह पश्चाताप में मरा जा रहा है, कितना रोया, वह डर गया था, समाज से, परिवार से, उस वक्त हिम्मत नहीं जुटा पाया, अब वापस लौटना चाहता है, अपना प्रेम वापस पाना चाहता है, शाल्वी, किसी को बदलने का समय तो देना चाहिए...उसने गलती मान ली, सुधरने का एक मौका तो मिलना ही चाहिए... जानती हूँ...बड़ा सदमा था...आशीष ने बहुत बड़ी गलती की, लेकिन माफ़ी तो बनती है...अब आशीष को क्या मुँह दिखाएगी। वादा करके आयी थी कि उसका प्रेम वापस दिला देगी। वह फ़ोन पर दोनों की बात भी करवाना चाहती थी, स्काइप चैट करवाने वाली थी...रेचल को लगा, उसके हाथ से पुण्य छिन गया।

मिशन फ़ेल।

चंद्रयान अपनी कक्षा से भटक गया है, उसका सम्पर्क धरती से टूट गया है...वह अकेली आकाश गंगाओं के बीच चक्कर काट रही है...। दूर एक ग्रह धीरे-धीरे लोप हो रहा है।

पीली डायरी

वह पीली चमकीली-सी डायरी मेरे हाथों में रह-रह कर काँप उठती है। छोटी, बेजान-सी पड़ी डायरी मैंने अपनी हथेलियों में पकड़ी तो ज़रूर लेकिन अचानक घबरा गयी। अब तक अनेकों डायरियाँ लिखने-फाड़ने और पढ़ने के बावजूद पहली बार लगा कि कोई डायरी साँस ले रही है। जीवित... धड़कती हुई। नहीं मालूम उसके भीतर क्या लिखा है...बस उतना ही पता है जितना उन्होंने बताया।

मैं दिल्ली वापस जा रही हूँ, साजोसामान समेत। वे जो पिछले तीन दिनों से मेरे ज्ञानवर्द्धन में लगे थे, मेरी हर सुख-सुविधा का ध्यान रख रहे थे, वे अचानक से सुबह मेरे जाने के समय टपक पड़े। मैं बिना किसी को जगाए, बताए अल्लसुबह अपनी यात्रा शुरू कर देना चाहती थी। कहीं पहुँचना आपको आह्लाद से भर देता है तो कहीं से वापसी बड़ी बोझिल हो जाती है जैसे पैरों में टनों वज़नी पत्थर बँधे हों। देवदार से छूटकर भागी हुई हवाएँ मुझे लपेट रही थीं खुद से। मैंने सामने देखा, चारागाह में धूप आहिस्ता-आहिस्ता उतर रही थी, कदम-दर-कदम...।

डलहौज़ी में दो दिन रुकने के बाद मैं अपने दल-बल के साथ खज्जियार पहुँची थी। जब भी दोस्तों के संग होती हूँ, गैस्ट हाउस में रुकना पसन्द करती हूँ। वहाँ का जो अनौपचारिक माहौल होता है, वह मुझे भाता है। चौकीदार की आत्मीय मुस्कान, लॉन का खालीपन और ऊँची पहाड़ी पर बना मकान, सामने हिमालय की ऊँची, बर्फ़ीली चोटियाँ...। कुछ-कुछ घर जैसा सुकून। सुबह

की चाय पीते हुए चौकीदार से बतिया सकते हैं कि अबकि घाटी में कितने टूरिस्ट आए। कितनी बर्फ़ गिरी। कहाँ-कहाँ गिरी। तब तुमने क्या किया... जीवन कैसा हो जाता है...पता नहीं कितने सवाल और घनी मूँछों के भीतर से निकलते उसके जवाब। शाम को बोन फ़ायर का इंतज़ाम भी उसी के ज़िम्मे। लकड़ी की चटकती आग और पहाड़ी ठंडी हवाएँ, नया संगीत रचती हैं। मैं इसे 'आगीली' संगीत कहती हूँ, जिसे कानों से नहीं, आँखों से सुनती हूँ...चटक-चटक चट-चट...कोई कच्ची लकड़ी तड़क कर आग में ही टूट जाती है।

रात के गहन अंधकार में डूबे पहाड़ की रूमानियत को आप खुलकर यहाँ सेलिब्रेट कर सकते हैं।

खज्जियार में प्राइवेट गैस्ट हाउस जैसा लोकेशन बहुत दुर्लभ है। टीले पर छोटा-सा लकड़ी का मकान, अंग्रेज़ों ने इसे 150 साल पहले बनवाया था। ठीक उसके नीचे ढलान है, फिर पक्की सड़क और उसके बाद खुलता मैदान। कहते हैं, ये चारागाह है, जंगली जानवरों के लिए, जो यहाँ चरने आया करते थे। वहाँ अब पर्यटकों का कब्ज़ा है।

सुबह-सुबह जैसे ही मैं साजो-सामान समेत गैस्ट हाउस पहुँची, चौकीदार की तलाश में आँखें इधर-उधर लैंडस्केप बटोरती रहीं। तभी उधर से एक आवाज़ आयी।

"मैं इधर हूँ मैडम जी...आया..."

अधेड़ चौकीदार मुस्कुराता हुआ खड़ा हो गया।

"आइए...आपको आपका कमरा दिखाता हूँ..." उसने बैग थाम लिया। "चाय बनवाऊँ...पियेंगी आप... ?"

"बनवाओ...कड़क...चीनी कम...यहीं बाहर ही धूप में दे जाना...। हम बाहर ही बैठेंगे..."

हरी घास का कालीन जैसे चिपक रहा था आँखों में...और ढेर सारे फ़िल्मी गाने बज उठे थे...वैसे भी मेरी दोस्त सुहासिनी अक्सर चिढ़ाती है...गीता को तो हर सिचुएशन पर फ़िल्मी गाने याद आ जाते हैं...हो जाये इस सिचुएशन पर कोई गाना...और मैं गुनगुनाई... "वादियाँ मेरा दामन..."

"अरे...क्या ठाकुर...इन्हें चाय पिला रहे हो...कहवा पिलाओ कहवा...

सारी थकान पल भर में भाग जायेगी...''

ठाकुर के पीछे से एक गम्भीर आवाज़ आयी। लम्बा-चौड़ा अधेड़, सफ़ेद झक्क कुरते-पायजामे में सामने आ खड़ा हुआ। किसी अजनबी के चेहरे पर इतनी आत्मीय मुस्कान पहले कभी नहीं देखी।

''मैं नींबू की चाय पिला सकता हूँ...'' ठाकुर परिहास के मूड में था।

ठाकुर चुप रहा। हमने चाय का ऑर्डर करके धूप की राह ली...।

मेरी सहयात्री का मन था, कमरे से घाटी को देखकर कुछ पेंट करे। हम खिड़की के पास जम गये। शीशे से सामने पहाड़ की कई परतें दिख रही थीं। आकाश की धुँधली आभा से लिपटी हुई एक चोटी धूप में चमक रही थी। पूरा चारागाह पर्यटकों से भरा हुआ था। चारागाह के बीचोबीच स्थित छोटी-सी झील का पानी थिर था। वह पेंट कर रही थी और बच्चे बाहर खेल रहे थे।

मैं खोई थी, उन शिखरों में, देवदार के ऊँचे पेड़ों में...जहाँ मेरे बसंत के अटके होने का भ्रम हो रहा था।

जब भी इन प्राचीन, कालातीत पहाड़ों के साथ होती हूँ, पाब्लो की कविता याद आती है...

रुको ओ पृथ्वी/ लौट आओ मेरे पास/ ओ सूरज/ मेरी खुरदुरी तकदीर के पास/ पुराने जंगल की बारिश/ वापस कर दो मुझे वह खुशबू/और वे तीर-तरकश/जो आसमान से गिरे थे/पत्थर और चारागाह की निर्जन शान्ति...।

खज्जियार का चारागाह या घाटी कहिए...एक कोने से देखें तो भारत के नक्शे जैसा आकार दिखाई देता है। इस नक्शे पर बेचैन लोगों के झुंड दिखते हैं। देवदार की जीवन्त हवा चंबा (जिला) की पहाड़ी रावी नदी की नमी लेकर आती है यहाँ। मैं डूबी हूँ अपनी खट्टी-मीठी रूमानियत में।

''मैडम जी...चाहे ठाकुर ने आपको नींबू की चाय पिलाई, मैं आपको कहवा पिलाकर ही मानूँगा। ये लीजिए, आपके सामने ही बनाता हूँ...''

अपने साजो-सामान समेत वह अजनबी हाज़िर था। दरवाज़ा खुला था, वह धड़धड़ाता हुआ हमारे सूइट के बाहरी हिस्से में प्रवेश कर चुका था।

कहवा सुनते ही इरा की तंद्रा टूटी।

''बनाइए...धन्यवाद आपका...''

''अरे नहीं...आप हमारे मेहमान हैं...हम नहीं तो कौन आपका खयाल रखेगा...पहले आप कहवा पिओ, फिर आपको खज्जियार घुमाऊँगा...यहाँ टूरिस्ट कम आते हैं जी...सुविधाएँ यहाँ नहीं हैं, कोई रुकता नहीं यहाँ...सब शाम को चले जाते हैं...आप लोग तीन-चार दिन यहाँ रुकने वाले हो...तो सोचा आपको यहाँ के हालात बता दूँ...''

''अच्छा...क्यों...?''

''यहाँ खाने की बहुत समस्या है...मैगी जब चाहे मिल जायेगी...''

''इस टीले के नीचे कई रेहड़ीवाले खड़े हैं...उनका खाना अच्छा नहीं होता क्या ?''

''मत खाना उनका खाना...आपको पता है, वे डीजल पर खाना पकाते हैं...मिट्टी का तेल नहीं मिलता यहाँ...गैस चूल्हे के लिए गैस भी यहाँ उपलब्ध नहीं...''

केतली में कहवा खौल रहा था...उसने पोटली से इलायची, बादाम सब निकाला, तीन पेपर कप निकाले और हम दोनों को पकड़ा दिया।

''मैं तो जी...अपना सारा सामान साथ लेकर चलता हूँ...''

कहवा से उठती भाप इस ठंड में बहुत अच्छी लगी।

''आप अपना परिचय दें...अपने बारे में बताइए...''

''जी...मैं यायावर हूँ...पहाड़ों पर घूमता रहता हूँ...बाकी डिटेल्स बताऊँगा...अभी आप कहवा का आनन्द लें...कहीं घूमने जाना हो तो बता देना...मैं यहाँ का चप्पा-चप्पा जानता हूँ...घुमा लाऊँगा...किसी चीज़ की दिक्कत हो तो बताइएगा...ठाकुर मेरा दोस्त है...मैं उसी के पास ठहरा हूँ...चलता हूँ... ज़रूरत हो तो आवाज़ लगा देना...''

''अपना नाम तो बताते जायें...''

''साहनी...बस इतना ही बोलना...यहाँ के पेड़ भी आपको बता देंगे कि मैं कहाँ बैठा हूँ...''

वह मुस्कुराते हुए साजो-सामान के साथ लौट गया। हम देर तक कहवा के स्वाद में लिपटे रहे। मेरी सहयात्री को लगा, कहाँ से आ गया यह आदमी...लगता है दो-तीन दिन हमें चैन से नहीं रहने देगा...बोर करेगा...बहुत

बोलता है रे बाबा...दूर करो...

तय हुआ कि ठाकुर को कहेंगे, इन्हें ज़रा हमसे दूर ही रखो...हम यहाँ निर्जन में कुछ दिन शान्ति से बिताने आए हैं...यहाँ कोई बकबकिया नहीं चाहिए...

मैं मुस्कुराई...बोलती तो मैं भी ज़्यादा हूँ...पर इन्सान देखकर...सबके आगे नहीं...वह तो बिना हमें जाने ही चालू हो गया था...

हमारा रसभंग-सा हो गया था...न पेंटिंग बन पाई न मैं शिखरों पर फिर से अपना अटका हुआ बसंत तलाशने जा पाई। ठाकुर के लिए बैल बजायी ताकि वह खाने-पीने के बारे में विस्तार से बता सके।

यह साहनी तो हमें चिन्ता में डाल गया। साँझ भी उतर रही थी शिखरों से और उसकी परछाईं, पूरे चारागाह पर शामियाने की तरह तन रही थी।

आराम कुरसी पर जमे-जमे सुकून की जिस चरमावस्था में हम पहुँच गये थे, ठाकुर की बातों ने हमें उतना ही अशान्त कर दिया।

"गैस्ट हाउस में हम खाना नहीं बनाते। खाना बाहर से मँगवाना पड़ेगा... सारे रेस्टोरेंट रात को बन्द हो जाते हैं...पर्यटन विभाग का रेस्तराँ खुला रहता है...आप वहाँ से मँगवा लें...या मैं ला दूँगा।" ठाकुर अपनी लाचारी जता रहा था।

"आप लोग क्या खाते हैं...अपने लिए भी नहीं बनाते...ये जो आपके मेहमान हैं...उन्हें क्या खिलाते हो...कुछ तो बनाते होगे...उसी में हमारे लिए भी बना लो..."

ठाकुर आनाकानी कर रहा था। उसे अनमना देखकर मैंने कहा..."जाओ... छोड़ो...हम मैगी ही खा लेंगे...अब यहाँ आए हैं...तो रहेंगे...कष्ट सहेंगे...पर जायेंगे नहीं..."

सुबह-सुबह चाय के लिए हमने ठाकुर को आवाज़ लगायी तो साहनी जी फिर हाज़िर...।

"रात कैसी कटी...डर तो नहीं लगा...खाना बढ़िया नहीं मिला...लेकिन आज मैं कुछ जुगाड़ कर दूँगा...आप चिन्ता न करें...मैं यहाँ तब तक रहूँगा, जब तक आप लोग हैं...अब खाना ठाकुर ही बनाएगा...मैंने सारा इंतज़ाम कर लिया है..."

"इंतज़ाम कर लिया...भई...गैस कहाँ से लाओगे... ?"

"डलहौज़ी से आएगी...चिन्ता क्यों करते हो... ? आज कुछ फ़ौजी साथी यहाँ पिकनिक के लिए आ रहे हैं...अपने साथ हमारे लिए सिलिंडर लेकर आयेंगे...अब ठाकुर तुम बहाने न बना पाओगे..."

साहनी मुस्कुरा रहे थे। ठाकुर अजीब-अजीब मुँह बना रहा था।

वह बदली हुई परिस्थितियों को समझ नहीं पा रहा था। उसका संगी, अचानक यात्रियों का खैर-ख्वाह कैसे हो गया।

पहाड़ की सुबहें और शामें सबसे अलग होती हैं। हवाओं में इतनी नमी कि रोम-रोम में गीलापन भर जाता है। कमरे से बाहर निकलकर सामने देखा... पूरा चारागाह खाली पड़ा था। मैं अकेली टहलती हुई कुछ दूर निकल आयी। ये सब कुछ दिल्ली में कहाँ। खिड़की से बाहर मकानों के जंगल और कँटीली हवा। साजिशों से भरी हुई। चार दिन ही सही...मैं खुद के साथ तो हूँ। अपनी आवाज़ सुन पा रही हूँ। खुद से बात करते हुए, ज़िन्दगी के बारे में सोच पा रही हूँ।

पर कोई था, जो मुझे अकेला नहीं छोड़ने वाला था। मुझे समझ में नहीं आया कि मैं इस शान्ति भंग पर रोऊँ या हँसूँ...

"आप इस झील के बहुत पास न जाइएगा...इसमें नाग रहते हैं...खज्जी झील है...नागवंश के समय की। इसकी गहराई कोई नहीं जानता...किसी ने मापा नहीं, हिम्मत ही नहीं जुटा पाया। अक्सर इसकी पानी की सतह पर नाग तैरते दिख जाते हैं..."

साहनी मेरे पीछे-पीछे चला आ रहा था, मुझे पता ही नहीं चला...

"क्या आप वो जगह देखना चाहेंगी, जहाँ नागवंश के राजा और एक तांत्रिक में युद्ध हुआ था। जब इतनी दूर आ गयी हैं...तो देख लें..."

देवदार के घने जगंल के भीतर की ओर साहनी ने हाथ उठाकर इशारा किया।

"क्या है वहाँ... ?"

"स्थानीय लोग जाते हैं...वह जगह देखने...समाधि जैसा बना है...राजा को बहुत घमंड हो गया था, अपने ऊपर...साधु तो ठहरा तांत्रिक। दोनों में जमकर युद्ध हुआ।"

"जीता कौन... ?"

"जीत हमेशा मायावी की होती है जी...राजा हार गये...पर तांत्रिक ने उन्हें माफ़ कर दिया।"

साहनी आगे-आगे, मैं पीछे-पीछे...

शिला रखी थी वहाँ...कुछ लोग पूजा कर जाते हैं...उसके निशान दिखे। मैं दूर से ही देखकर लौटना चाहती थी। साहनी वहाँ ध्यानमग्न हो गया। देवदार की घनी छाया की वजह से वहाँ हल्का अँधेरा-सा था। मुझे सन्नाटे में डर-सा लगा। घाटी में अभी चहल-पहल शुरू नहीं हुई थी। गैस्ट हाउस में सब मुझे खोज रहे होंगे...मैं पलटी और तेज़ कदमों से भागी। पलटकर एक बार देखा, साहनी ध्यानमग्न था वहाँ।

मैंने सोच लिया था, गैस्ट हाउस के बाहर से पूरी घाटी दिखती है...यहीं से बैठकर नज़ारा देखेंगे...

पर एकान्त का सुख कहाँ यहाँ।

मैं दोपहर की धूप में बैंच पर बैठ गयी। चारों तरफ़ पर्यटकों की आवाजाही शुरू हो गयी थी। घोड़े टपटप दौड़ने लगे थे और गाड़ियों से टीले के नीचे की पार्किंग भर गयी थी। दूर कहीं बड़े-बड़े सफ़ेद गुब्बारे, बुलबुले की तरह दिख रहे थे। सब कुछ कितना स्थिर और सुकून भरा था। कभी-कभी देखना और देखते जाना भी अपने भीतर बहुत कुछ समेट लेने जैसा होता है। कुछ था जो भर रहा था भीतर...जो मेरी बेचैनी को भस्म कर रहा था।

मैं फ़ेसबुक ऑन कर चुकी थी।

"मैंने सुना है...आप लेखिका हैं...लिखती हैं...थोड़ा-बहुत लिखने का शौक मेरा भी है...पर कभी छपवाया नहीं कुछ...बस लिखता रहता हूँ...डायरी में...सुकून मिल जाता है..."

साहनी बैंच के दूसरे छोर पर आकर बैठ गया था।

अब मैं चट गयी थी। इनकी कोई बात सुनने को तैयार नहीं थी।

मैं उठने लगी...

"अरे...रे...मैडम...बैठिए...अभी आपको कुछ और जानकारी देना चाहता हूँ...यहाँ कोई और नहीं बताएगा आपको...सुन लें...लेखक हैं आप, आपके

काम आएगा...बैठिए...दो ही दिन की बात है, कल हम कहाँ, आप कहाँ... ?''

''आपको पता है...यह भूमि भी हिडिम्बा की है...मैं स्त्रियों की बहुत इज़्ज़त करता हूँ...हिडिम्बा वन देवी थीं। आदिवासी कन्या...। *महाभारत* में सामंती लोगों ने उसे राक्षसी करार दे दिया। राक्षसी भी कहीं कोई जाति है क्या? हमारा सामंती समाज औरतों को क्या से क्या बना देता है...''

अब मेरे ज्ञान-चक्षु खुल गये। जैसे ही साहनी ने स्त्रियों पर बात शुरू की, मेरी दिलचस्पी बढ़ गयी। अब मैं उससे बात करना चाहती थी।

''आप स्त्रियों के बारे में बड़ी खुली राय रखते हैं...अच्छा लगा सुन कर।''

''मैंने शरत्चंद्र को पढ़ा है...जिसने उनको पढ़ लिया, वह कभी स्त्री-विरोधी नहीं हो सकता जी। शरत्चंद्र के ऊपर लिखी गयी किताब—*आवारा मसीहा*—मेरे लिए *बाइबिल* की तरह है जी...''

वाह...मेरी आँखों में पहली बार साहनी के लिए प्रशंसा उभर आयी। पढ़ा-लिखा आदमी लगता है...इससे बात की जा सकती है...मैं साहित्य पर और बातें करने के लिए उत्सुक हो उठी।

''मैं तो औरतों की इतनी इज़्ज़त करता हूँ...किसी स्त्री को बिना पूछे हाथ तक नहीं लगाता। वैसे भी स्त्रियाँ वर्जित हैं मेरे लिए...। आप कविताएँ पढ़ती हैं?''

''जी...बिलकुल..., कविता मेरा पहला घर है, क्यों ?''

''एक अंश सुनाता हूँ...ध्यान नहीं किसकी कविता है...पर है बहुत पुरानी। मेरी जवानी के दिनों की...अक्सर याद करता हूँ और दिल को तसल्ली देता हूँ...''

''कोई नहीं है मेरे लिए,

कोई नाम, कोई नदी, कोई फूल, कोई सड़क, कोई संगीत, कोई नशा, कोई प्रेम, कोई घृणा, कोई आँगन, कोई छाँव, कोई राजनीतिक दल, कोई जंग, कोई गाँव, कोई स्त्री...

वापस लौट जाऊँ मैं जहाँ एक बार
फिर से अपनी यात्रा शुरू करने के लिए...।''

''अच्छी है...कवि का नाम जानना चाहेंगे आप?''

"क्या करूँगा, जानकर...कविता तो अब मेरी है न...कविता के साथ तो यही एक अच्छी बात, जो सुनाए उसकी। कहानी तो सबकी अलग-अलग हो सकती है...पर कविता सबकी एक...।"

मैंने ठीक से देखा साहनी को, शायद पहली बार...इतना साहित्य रसिक आदमी, यहाँ पहाड़, जंगल में क्यों घूम रहा है। क्या चाहिए इसे। किस चीज़ की तलाश है, मन हुआ पूछूँ—दिले नादां तुझे हुआ क्या है... ?

पर साहनी चुप रहे तब ना...उसका बोलना रुकता ही नहीं। उसके बोलने में वैविध्य और गति दोनों है।

मैं कोई पर्सनल-सा सवाल पूछकर बहुत आत्मीयता नहीं बढ़ाना चाहती थी। सो मैं चुप रही...बस सुनना चाहती थी। मन के एक कोने में ज़रूर लगा कि कोई मवाद है, जो फूटना चाहता है...टपकते हुए तो देख पा रही हूँ। क्या यह प्रेम का मारा आदमी है...या जुए में सब कुछ गँवा चुका है...कौन है यह... जो अपनी बेचैनियाँ लिए मारा-मारा फिर रहा है।

जो भी हो, मुझे क्या करना है। मैं आग को ज़्यादा कुरेदना नहीं चाहती थी। मैं इस निर्जन में अपने लिए थोड़ी 'ठंडक' बटोरने आयी हूँ, जो दिल्ली के 'ताप' से लड़ने में मेरी मदद करेगी।

पर यहाँ आँच थमने का नाम ही नहीं ले रही थी।

"मैं भी प्रेम करता था...रजिया से...30 साल पहले की बात है। वह खज्जी नाग मंदिर के बाहर फूल बेचा करती थी। मैं रोज़ उससे फूल खरीदता था और वहीं उसके पास सारे फूल चढ़ा देता था। हमारी दिल्लगी बहुत दिन चली। मैं यहाँ फ़ॉरेस्ट डिपार्टमेंट में काम करता था। मेरे दो ही शौक थे, साहित्य पढ़ना और रजिया के फूल खरीदना...हमारे ही जगंल से तोड़े गये फूल, मैं खरीदता और रजिया पर चढ़ा देता। खाली हाथ मंदिर जाता और वह सिर पीटती, कभी विहँसती...।

"मुझे एक बार अचानक घर जाना पड़ा। आतंकवादी हमले में मेरा घर भी शिकार हो गया था। भागा-भागा कश्मीर पहुँचा। वहाँ मुझे सँभलने-सँभालने में इतना वक्त लगा कि मैं नौकरी का भगोड़ा साबित कर दिया गया। मैं दो साल बाद लौटकर यहाँ आया। न रजिया मिली न उसकी खबर। जाने कहाँ विला गयी...

"अब भी उसको तलाशता रहता हूँ...।"

बोलते-बोलते वह अब वहाँ से मानसिक रूप से अनुपस्थित हो चुका था। मैं चकित थी। एक अजनबी स्त्री को, एक चंपईवर्णी पुरुष क्यों अपनी कहानी सुना रहा है। एक दिन की मुलाकात में कोई कैसे अपने दुखों की प्राचीन गठरी खोल सकता है। क्या उसे अन्दाज़ा था कि "इस दिल में अभी और भी ज़ख्मों की जगह है...।"

"वो सामने देख रही हैं... ? वो देखिए...छोटा-सा गेट जैसा नज़र आ रहा है...बन्द है।"

उसकी आँखें कुछ खोई-खोई सी लगीं।

ज़्यादा दूर नहीं था...सामने गोल-सा कुछ था...उसके आस-पास झाड़ उगे हुए थे। टीले से नीचे उतर कर, घाटी के एक कोने में।

"क्या है ये... ? ये भी कोई पौराणिक स्थल है क्या...हिडिम्बा का कुआँ तो नहीं... ?"

मैं उसकी कहानी से बाहर आकर मुस्कुराई। हिमाचल में हर मंदिर का पौराणिक महत्त्व है। हर शिला की कोई दंतकथा।

"जी...सही कहा आपने...हिडिम्बा का ही कुआँ है...इसका पानी बहुत मीठा है...सारे खज्जीवाले इसका पानी भरते थे...अब बन्द कर दिया गया है इसे। ऊपर से ढँक कर, चारों तरफ़ से दीवारें खींच दी गयी हैं..."

"क्यों... ?"

"इसमें एक औरत ने डूबकर जान दे दी थी...तब से..."

"ओह...कब...कितनी पुरानी बात है ये... ?"

साहनी के चेहरे पर पीड़ा की कुछ रेखाएँ उभरीं और लोप हो गयीं। वह पहली बार चुप था। मेरे सवाल पहाड़ी हवा में घुलकर ठंडे हो गये। मौसम का मिज़ाज बदल गया था।

अचानक सारी धूप उतर गयी, जैसे हमारे चेहरे पर स्याही फिर जाती है कभी-कभी।

मैं उठी, साहनी लगातार कुआँ ही देख रहा था। मैंने वे आँखें नहीं देखीं। पता नहीं क्या होगा उनमें।

खलील जिब्रान की एक पंक्ति याद आयी...''मनुष्य अपने चेहरों से नहीं, दिलों से पहचाने जाते हैं।''

मैं उसे कहना चाहती थी कि ज़िन्दगी के आरण्य में वैसे भी हिंसा कम नहीं। वह अपनी सपनीली तलाश से बाहर आए और खुद को मुक्त कर दे। इतनी लम्बी सज़ा भी तो ठीक नहीं। मैं कह नहीं सकी। होंठ खुले नहीं, लगा मैं चारों तरफ़ से बन्द हो चुकी हूँ और भीतर में सन्नाटे से भरी हूँ।

मौसम का मिज़ाज बदल चुका था। मुझे तेज़ी से टीले की चढ़ाई करके अपने सुइट तक पहुँचना था। लपकती हुई मैं पहुँची। हवाएँ तेज़ हो गयी थीं और बारिश की टिप-टिप शुरू थी। घाटी से लोग भाग रहे थे, छिपने के ठिकाने ढूँढ़ते हुए। घोड़ेवाला भी बच्चों को लेकर लौट आया था। ठंड बढ़ गयी थी। कँपकँपाते हुए बैग से स्वैटर निकालते हुए दिल्ली की गरमी याद आयी...। सुइट की खिड़की से झाँक कर देखा...साहनी बैंच पर बैठा भीग रहा है।

''ठाकुर जी, चाय पिलाइए ज़रा...कड़क...अदरक वाली...मज़ा आ जायेगा...''

''आज तो आप जो माँगो, वो मिलेगा...गैस आ गयी है...साहनी जी ने जुगाड़ कर दिया। अब जब तक रहोगे, खाना ये रेशमा बनाएगी।'' दुबली पतली, गोरी-चिट्टी लड़की उसके साथ खड़ी थी।

वाह...हम सब खुश हुए। सुविधाओं की आदत बुरी होती है...जंगल में भी शहरी सुविधा खोजनेवाले हम...। साहनी के प्रति कृतज्ञता से भर गयी।

''ठाकुर जी...ये साहनी जी कौन हैं...यहाँ क्या कर रहे हैं... ? ये विचित्र-विचित्र बातें क्यों करते हैं... ? वैसे हैं तो बड़े दिलचस्प आदमी...पर इतने फ्री कैसे हैं...कोई काम-धाम नहीं करते... ?''

मैं पेशागत स्वभाव के कारण क्रॉस चेक करना चाहती थी कि जितना साहनी ने बताया, उसमें कितनी सच्चाई है।

ठाकुर पहले हो-हो-हो करके खूब हँसा...''मैडम जी...ये मस्त आदमी हैं, घुमक्कड़ हैं...घूमते रहते हैं...मुझसे दोस्ती हो गयी, सो हो गयी। आते

रहते हैं कभी-कभी...कब आएँगे ये तो पता नहीं...पर आ जाते हैं...कुछ दिन रुकते हैं...फिर चले जाते हैं...मैं तो चार साल पहले यहाँ आया हूँ। ज़्यादा मुझे नहीं मालूम...पर यहाँ के कुछ लोग बताते हैं कि कभी खज्जियार में सरकारी नौकरी करते थे और किसी से प्यार-व्यार हो गया था। फिर कोई बवाल हुआ तो इन्हें ये एरिया छोड़ना पड़ा। बहुत भले आदमी हैं...सबकी मदद करते रहते हैं...अब देखो ना...आप लोग तो अजनबी हैं...इतनी दूर अकेली आयी हैं, आपके लिए इतने चिन्तित हैं...मुझे कहा है कि ठाकुर उनको खाना तू बना कर खिलाएगा... ?''

मैं साहनी के प्रति कृतज्ञता और दयाभाव से भर गयी। मुझे लगा कि कुछ और भी रहस्य ज़रूर है। अबकी मिला तो ज़रूर कुरेदूँगी। अगले दिन साहनी कहीं नहीं दिखा। ठाकुर से एकाध बार पूछा तो टाल गया...

''वो मनमौजी आदमी है जी...कहीं जंगलों में घूम रहा होगा जी... घूमता रहता है जी, बादल है...कश्मीर का भटका हुआ बादल है जी...गलती से हिमाचल के पहाड़ों में आकर फँस गया है जी...''

सुबह-सुबह हमें दिल्ली के लिए निकलना था। साहनी से न मिल पाने की कसक थी मन में। बहुत-सी बातें करने को थीं, पूछने को थीं। कहाँ ढूँढ़ूँ...ये बेचैनी कुछ अजीब थी। दो दिनों में साहनी की बक-बक की आदत पड़ गयी थी या इस निर्जन में किसी की आत्मीय उपस्थिति का एहसास। हम गाड़ी में बैठकर चल पड़े थे। मेरी आँखें चारों तरफ़ उसे ढूँढ़ रही थीं।

ड्राइवर ने टीले के नीचे उतरते ही गाड़ी रोकी। ये रहे साहनी जी...

इशारे से गाड़ी को रोका था। मैंने शीशा खोला।

वे खज्जियार से डलहौज़ी जाने वाली सड़क के किनारे खड़े हैं।

''कहाँ थे आप... ?'' मैं चिल्लाई।

मेरी सहयात्री ने मुँह बिचकाया कि कहीं गाड़ी में न बैठ जाये, या लिफ़्ट न माँग बैठे। सारे रास्ते इनकी बक-बक सुनते जाना पड़ेगा। उनकी सारी आशंका निर्मूल साबित हुई।

"मैडम जी...ये लीजिए...आपके लिए मेरा छोटा-सा उपहार...जब फ़ुरसत मिले...पढ़िएगा...इसमें मेरी कुछ कविताएँ हैं, कुछ मेरी ज़िन्दगी की कहानी और कुछ दुआएँ। रजिया से मेरे इश्क की कहानी। मेरे पूरे जीवन का भटकाव और इस कुएँ का राज़...सब कुछ। और हाँ...आपके लिए कुछ खास है इसमें...

"जब आपका मन बहुत घबराये, ज़िन्दगी के कुछ सावल आपको परेशान करें तो इस डायरी के पिछले पन्ने खोलना...जो भी पन्ना खुले, उसका पहला शे'र पढ़ना, डोगरी में लिखा है लेकिन आपको समझ में आ जायेगा...उसी शे'र में आपके सवालों के जवाब मिल जायेंगे। सँभाल कर रखना...खुदा हाफ़िज़..."

मैं पूछना चाहती हूँ..."अब कहाँ जाओगे यायावर...कौन से पहाड़ पर, किस शिखर पर...किस नदी के पास, किस सड़क पर, किस पेड़ के पास, किस दरख्त के पास, किस छाँव के पास...?"

मेरी आवाज़ वहीं दब गयी। वे पलट कर जा चुके थे। ड्राइवर ने गाड़ी आगे बढ़ा दी। आगे रास्ता उतराई का था। शिखर पीछे छूट चुका था। डायरी भट्ठी की तरह मेरी हथेलियों पर सुलग रही थी। डायरी के अदृश्य शोले मुझे उसके पन्ने कभी खोलने नहीं देंगे।

नामर्दी की दवा वाया लेडीज़ सर्कल

उनकी पलकों पर अब भी नींद का बसेरा था। रतजगा उनकी आँखों से झाँक रहा था। रात उनकी पलकों से कभी जाती ही नहीं। मुझे हमेशा लगता कि एक मिनट की शान्ति मिले तो ये आँखें कहीं भी सो लें। कहीं भी दीवार के सहारे ओठंग जायें, पल भर ही सही, एक नींद मार लें। देर रात सोना और तड़के जगना इस घर का रिवाज़ तो पहले से ही था लेकिन यह सुबह कुछ अलग-सी थी।

मर्दविहीन घर में बीती रात भर धूमगज्जर मचा था। रिश्ते के भतीजे की बारात विदा करने के बाद सारी औरतें, घुटने तक साड़ी उठा कर आँगन में पसर गयी थीं। आँचल कहीं, पैर कहीं, सिर कहीं । बड़की भाभी अपने भारी वक्षों को खटिया में धँसा कर खिलखिला रही थीं। घुल्टनवा की पत्नी उनका पैर पकड़ कर नीचे बैठ गयी थी। धीरे-धीरे उनके पैरों को मसाज दे रही थी। आँगन की ही नइकी चाची फिराक में थीं कि घुल्टनवा बहू बड़की भाभी से मुक्त होकर उनकी कमर दबा दे। मन हो रहा था कि किसी को कहें, कमर पर खड़ा हो जाये और पैरों से ही दबा दे। कोई मिल नहीं रहा था। बच्चे भी बारात में चले गये थे। इन सबका रात को धमाल करने से पहले का विश्राम था। खाना बनाने का तनाव खत्म था। बाहर हलवाई पिछले चार दिन से सबका खाना बना रहा था। औरतें सिर्फ़ गाना गा रही थीं, हर रस्म में साड़ियाँ बदल रही थीं या हँसी-ठिठोली करती घूम रही थीं। बारात को विदा करने के बाद सबने आँगन में खटिया पकड़ ली या कोई ज़मीन पर बिछी चटाई पर फैल गयी। आँगन पूरा औरतों के हवाले था। कोई परदेदारी नहीं।

बुजुर्ग औरतें दालान पर जम गयी थीं, वहाँ भी सन्नाटा था। बाहर उनकी गप-गोष्ठियाँ शुरू हो गयी थीं और अन्दर आँगन में भाभियों, ननदों की छेड़छाड़, गप सड़ाका।

मैं सालों बाद इस तरह का विचित्र नज़ारा देख रही थी। बड़ी तमन्ना थी कि गाँव-कस्बे की टिपिकल शादी में शरीक होना ही है। माँ और बाबूजी के नहीं रहने पर गाँव-घर दोनों, सालों पहले छूट चुका था। सब अपने परिवारों में रम चुके थे। मैं इस दुनिया से बहुत दूर जा चुकी थी। जैसे ही अपने आँगन में शादी की खबर मिली, न्योता पहुँचा, मुझसे रहा नहीं गया। बड़े भतीजे की शादी में मौका ही नहीं मिला।

बड़की भाभी ने फ़ोन पर रोते-रोते बताया था कि कैसे भतीजा एक दिन अचानक एक लड़की को दुल्हन के वेश में लेकर घर पहुँचा और बोला—"इसको अपना लें, यह आपकी बहू है। इसके घरवाले मान नहीं रहे थे, सो ऐसा करना पड़ा।" भैया-भाभी के सामने कोई चारा नहीं था। सो वे बहुत कम उम्र में सास-ससुर बन गये। भाभी तो एक गीत का दस बार अभ्यास करके बैठी थी कि बहू आयेगी तो सुर में गायेंगी—

"दुल्हिन धीरे-धीरे चलिअउ ससुर गलिया...
दुल्हिन सासु से बोलिअउ, मधुर बोलिया..."

मौका ही नहीं मिला, अपनी मधुर गायकी का प्रदर्शन करने का। गीत कंठ में ही गूँजता रह गया। दुल्हिन धड़ल्ले से बेटे के साथ घर में प्रवेश कर गयी। यह तो अच्छा हुआ कि बिना गाना गाये भी दुल्हिन की मधुर बोलिया निकली। एक अरमान पूरा हुआ। जिन अरमानों पर पानी फिरा था, उस पानी में यदा-कदा छप-छप करती रहतीं। मगर दुल्हिन से रार न ठानती थीं। जो आयी सो मायके लौट कर न गयी। रात दिन का संग साथ था। निभा रहे थे दोनों।

आँगन में उनकी दुल्हिन भी सिर से आँचल उतारे चैन से बैठी हुई थी। बड़की भाभी ने आदेश जारी किया—"सब लोग आराम कर लो...दस बजे सब लोग वेश बदल के तैयार रहना, डोमकच के लिए निकलेंगे गाँव में। तब तक गाँव का बचा-खुचा मरद सब सुत जायेगा, जादा मरद तो बाहरे मिलेगा,

ओसारा में सोया हुआ, खेला कर देना है...''

सारी स्त्रियाँ ठहाके लगा रही थीं। सबको रात के सम्भावित खेला के बारे में सोच कर हँसी आ रही थी। डोमकच का खेला देर रात तक चलता है। पूरे गाँव-टोले-मोहल्ले में, पुरुष वेश या बहुरूपिया बनी हुई औरतें, बाहर सोये हुए, जागे हुए मर्दों को सताती हैं। उनसे कुछ नेग वसूल कर ही जान छोड़ती हैं। इस स्वांग में बड़े, छोटे, बहू, सास, ससुर का लिहाज़ खत्म होता है। देर रात तक गाँव में स्त्रियों का आतंक मचता रहा। बारात में जो मर्द न जा पाये, वे पछताते रहे। जेब भी कटी और मज़ाक के पात्र भी बने। टोला, मोहल्ला का चक्कर लगा कर जब आँगन में पहुँची तो वहाँ देर तक आपस में विश्वस्तरीय गालियों, अश्लील मज़ाकों, गाली गीतों से एक दूसरे को नवाज़ती रहीं। सबसे ज़्यादा गाली सुनने वालों में मैं थी। एकमात्र शहरी ननद, जो सिंगल थी। दुल्हिन लिहाज़ भूल गयी कि फुआ जी हैं...बहुरूपिया बन कर, नाचती हुई मुझे गाली सुना रही थी—

''हाजीपुर के गलिया, उताल चल गे ननदी
देख लेतौ सोनरा भतार
भागलपुर बजरिया में मत जो गे ननदी
देख लेतौ रेसमी भतार...''

सब एक-दूसरे को गाली सुना कर, सुन कर निहाल थीं, मानो आकाश से आशीर्वचन झर रहे हों। उनके उन्मुक्त ठहाके गगनभेदी थे। घर-आँगन-खेत तक गूँज रहे थे। मुझे लाज आती और मैं कान बन्द कर लेती।

''उफ्फ...हद होती है बेशर्मी की। सब कुछ खोल कर रख दोगे क्या।...गीत गाओ...सप्रसंग वर्णन तो बन्द करो...''

कोई माने तब ना। पूरे कूएँ में भांग पड़ गयी थी। किसी को नींद कहाँ। उत्तेजना, उल्लास और सिसकारियों से कोना-कोना भर गया था। मर्द का वेश धरी हुई औरतें, दूसरी औरतों को मर्दों की तरह छेड़ रही थीं, दैहिक छेड़छाड़ भी चल रही थी। मुझ तक आतीं तो मैं उठ कर भाग जाती। नकली मूँछें लगाये, हाथ में पतली लाठी ठकठकाती हुई सबकी साड़ियाँ उठा देतीं। मैं सख्त थी, मगर लाठियाँ बेजान कहाँ मानेगी। पूरे आँगन में भागमभागी, दौड़ा

दौड़ी...छेड़छाड़...अश्लील गालियाँ...और सेक्सी किस्से...किसने किसका क्या देखा, किसने कैसे चुम्बन लिया, कौन पेटीकोट में निकल कर बाथरूम भागा...

मेरे लिए यह सब अद्‌भुत नज़ारा था। मैं किसी और ग्रह पर थी, जहाँ परदे में जीने वाली ये सारी औरतें एलियन थीं। जिनके सामने अपनी लाज बचाना मुश्किल था। बूढ़ी औरतों को नहीं छोड़ रही थीं तो मुझे क्या बख़्शतीं। भोर तक ड्रामा चलता रहा। जब जैतपुर वाली चाची बोलीं कि "उधर सेन्नुर पड़ गया होगा...चलो, खत्म करो ये सब। सुबह जल्दी तैयारी में भी लगना है..." तब जाकर यह उत्पात बन्द हुआ।

उल्लास की थकान भी कम नहीं होती। सुबह किसी की पलकें ना खुलें, तो किसी की आँखें लाल। किसी की सूजी हुई आँखें, तो कोई पानी के छींटे मार-मार कर हलकान। मैं उन सबकी अपेक्षा देर से जगी थी, भाभी अगर गुनगुनाती नहीं तो नींद न खुलती—"उठिये हे गिरिराज कुमारी...बन में पंछी बोलत है...।" अलसाती हुई मैं भी उनकी जमात में शामिल हो गयी।

पास-पड़ोस और आँगन की सारी स्त्रियाँ मिट्टी के बड़े से चूल्हे के पास घेरा बना कर बैठने की तैयारी कर रही थीं।

मैंने पटोरी वाली भाभी को छेड़ा—"रात का नशा अभी...आँख से गया नहीं..."

"अरे क्या नशा बउआ...भैया तो गये बाराती, नशा केकरा संग...?"

"क्या भाभी, खाली नशा वही होता है क्या?" मैंने एक आँख दबाई।

"और क्या...हमारा नशा तो वही है छोटी ननदी..." पिपरा वाली भाभी छमक के बोल पड़ी। ब्लाउज से बीड़ी निकाली और कोने में खिसक गयीं। बीड़ी की गंध उनकी स्थायी देह गंध थी। मैंने गौर किया, दुल्हिन भी पीछे-पीछे दबे पाँव उनके साथ लग लग गयी। ओ...तो ये सांठगांठ चल रही है। मेरा मन हुआ—एक सुट्टा मार लूँ लेकिन याद आया कि सिगरेट के एक कश में ही तेज़ खाँसी उठ जाती है। मैंने पीछे से अपने वाक्य उछाल दिये...

"आप लोग शुरू हो गये सुबह सुबह...और कुछ सूझता ही नहीं आप लोगों को...गजब है...कोई बात हो, घुमा-फिरा के वहीं ले आती हैं...सारी कामुक और नशेबाज़ औरतें इसी घर में..."

मैं हँस रही थी, नकली ढंग से माथा ठोकते हुए।

थोड़ी ही देर में चूल्हे के आसपास सारी औरतें जमा हो चुकी थीं। फरवरी महीने का उतरता हुआ जाड़ा था, फिर भी आग भली लग रही थी।

शाम तक बारात वापस आने वाली थी, उसके पहले दलपूरी और गुड़ की खीर बन जाये ताकि दुल्हन के आने के बाद टोले-मोहल्ले में बैयना बँटाये। बड़की भाभी ने चने की दाल उबालने रख दी और कुछ औरतें आटा गूँधने लगीं। सब अलग-अलग कामों में। मैंने दाल भरने का काम ले लिया, ताकि बीच-बीच में मुँह में दाल के भरवाँ मसाले डालती रहूँ। दिल्ली में कई बार बनाने की कोशिश की, ऐसा स्वाद कभी नहीं मिला। मंडली मग्न थी, बड़ा कड़ाह में तेल खौल रहा था। पूड़ियाँ बनाई जाने लगी थी। केले के पत्ते एक तरफ़ रखे थे और बड़ी-बड़ी कठौतियाँ भीं जिनमें पूरियाँ बाद में रखी जातीं। पहले केले के पत्ते पर, ताकि तेल सूख जाये। उनींदी आँखों से मंडली ने काम शुरू किया।

बूढ़ी औरतें बार-बार झाँक जातीं। दरवाज़े पर चिलम भर कर गुड़गुड़ाती हुई बड़की चाची बार-बार आवाज़ लगातीं—"गीत गाओ न रे सब...चुपचाप कहीं बयना बनता है का...मुँह में दही जमा ली हो का तुम सभ..."

"पिपरावाली भाभी चैला को चूल्हे में भीतर तक ठूँसती हुई ठहाके लगायीं—आग अइसे लहकता है, देख लो तुम लोग..."

"आयं दीदी...आप आग अइसे लहकाती हैं का?" बड़की भाभी ने आँख मारी।

थोड़ी दूर पर आटा गूँध रही नईकी चाची बोलीं—"जैतपुर वाली तो अइसे ही लहकाती हैं...हम देखे हैं..."

"अच्छा...सब एक साथ बोल पड़ी..कब देखीं ? हमें भी तो बताइए..."

"सुनिए...हम लहकाते नहीं हैं...बूझीं...हमको संकेत मिल जाता है, त का ज़रूरत है लहकाने का। लहकाये पीपरा वाली जो छुपती फिरती हैं।"

सारी अब पीपरा वाली के पीछे पड़ गयीं—"क्या दीदी, हो जाये। बता ही दीजिए..."

"अरे क्या बतायें...इनके तो माथे पर ही सवार रहता है।"

"जब बाहर से आते हैं, कहेंगे खाना लेकर आओ, हम कहते हैं—बाहर आकर खा लीजिए, तो कहेंगे, खाना अन्दर ही ले आओ, थक गये हैं, हम जैसे ही खाना लेकर अन्दर जाते हैं, खाना छोड़ कर बिछौवना पर खींच लेते हैं। अब हम समझ गये हैं...जब भी बाहर से आते हैं, हम पूछ लेते हैं—"

"ऐ जी...खाना खाओगे कि पहिले करोगे..."

ज़ोरदार ठहाका लगा। किसी के हाथ से लोई छूटी, किसी के हाथ से दाल भरवाँ। नईकी चाची हँसते-हँसते वहीं लोट गयीं। मेरा पेट पकड़ के बुरा हाल...

उनका सुनाने का तरीका इतना नाटकीय था कि मुझे लगा—कहीं मंच पर कोई प्रस्तुति चल रही हो।

"मेरा हो गया, अब आप लोग अपना सुनाओ...खाली हमारा ही खिस्सा नहीं सुनना है...दो पसेरी आटा का पूरी बनना है, बहुत समय लगेगा, सब खोलो अपना कच्चा चिट्ठा...हो जाये..."

बाहर से बुढ़िया फुआ की आवाज़ आयी—"खाली तुम लोग ठी ठी क़रोगी कि झूमर भी गाओगी?"

"लाफिंग गैस सूँघ ली है औरत सब..."

मेरे इतना कहते ही फिर ठहाका लगा। मैं मोढ़े पर ठाठ से बैठी गपशप का आनन्द ले रही थी। इतनी खुली बातचीत मैंने कहीं नहीं सुनी थी। पीपरा वाली की बात सुनने के बाद अचानक सबके होंठ फड़फड़ाने लगे...लेकिन सब पहले दूसरे को सुनना चाहती थीं। जैतपुर वाली भाभी लजा रही थीं। पीपरा वाली ने उनका संकोच तोड़ा—"बता दो बता दो...बारात से आने के बाद बारात की सारी खुमारी कैसे उतारेगा, बता दो...।"

"भाभी...."

गीले हाथ पीपरा वाली के गाल पर सटा दिये जैतपुर वाली ने। पड़ोसन शीला भाभी की तरफ़ घूम कर पीपरा वाली बोली—

"तुम्हारे भी तो बारात से लौटेंगे, काहे नही बताती हो कि कल तुम्हारे ओसारे पर चादर जरूर सूखेगा..."

"हो हो हो हो..." दीवारें हिल गयी घर की। बाहर खाँसी उठी।

"झूमर नहीं गाना है तो ननद को दो चार गाली ही सुना दो...दुल्हिन के

आने के बाद तो गाना–बजाना बन्द न होगा जी, गा लो, भाई...''

फुआ का दबाव बढ़ गया था।

''ईहाँ एतना बढ़िया खिस्सा–कहानी चल रहा है, फुआ को गीत की पड़ी है। दो चार गीत गा दो, फिर गपशप चलेगा...''

मैंने सबको समझाया।

बड़की भाभी जो देर से सिर्फ़ हँस रही थीं—उन्होने गाली गीत शुरू किया–

''पनिया भरन हम न जइबे हे चाची
ग्वारा के बेटा मरद देलक छाती...''

गीत शुरू होते ही दूर आँगन बुहार रही जोखन बहू झाड़ू छोड़ कर उठी और उनके पास आकर ठुमकने लगी। मुझे अचानक ध्यान आया। दौड़ती हुई कमरे में जाकर पर्स से मोबाइल उठा कर लायी और गीत और नाच का वीडियो बनाने लगी। रात को इतना अँधेरा था मोहल्ले में कि वीडियो सही नहीं आया था। दुल्हिन उठी, वह भी नाचने के मूड में थी। मुझे झकझोरा कि मैं भी साथ दूँ। लेकिन मैं वीडियो बनाना चाहती थी। मैं इनके उल्लास अपने साथ हमेशा के लिए कैद करके ले जाना चाहती थी ताकि अपनी तन्हाई में सुन कर उसे गीतिल शोर से भर सकूँ। बहुत रस था इनकी बातों में। पति के साथ अपने सेक्सुअल सम्बन्धों पर कितना खुल कर बोल रही हैं। एक–दूसरे की खिंचाई भी कर रही हैं। एक–दूसरे का भेद भी जानती हैं।

एक गीत जैसे ही खत्म हुआ, शीला भाभी दुल्हिन के पीछे पड़ गयीं।

''तनि नईकी दुल्हिन का भी सुन लो...नया लड़का सब कइसे...''

बड़की भाभी ने हस्तक्षेप किया—''अरे, बच्चे को तो छोड़ दो, थोड़ा तो पतोहू का लिहाज़ करो...''

जैतपुर वाली चीखी—अच्छा, अपनी बहू का बचाव कर रही हो, बेटे के बारे में सुनने में शरम आ रही है, अभी तो आपकी कहानी भी सुनेंगे... बारी आने दीजिए, पहिले अपनी बहू का सुन लीजिए...

नाच की मस्ती में डूबी हुई बहू ने सास के प्रतिवाद पर ध्यान दिया ही नहीं—''हमारे ई, जब गरम–गरम अंडा लेकर आते हैं, तब हम समझ जाते हैं कि आज ई अंडा फोड़बे करेंगे...''

जिस अदा से ये बात कही गयी थी, मैं तो मोढ़े से नीचे लुढ़क कर हँस रही थी। पीपरा वाली सूखा आटा उड़ा-उड़ा कर हँस रही थीं। बड़की भाभी खिसियानी हँसी हँसते हुए बोली—"ई बेशरम सब...बेटा पतोहू को भी न छोड़ेगी...ई दुल्हिन को देखो...बेचारा बेटा, उसको उसीना हुआ अंडा पसन्द है, बाहर से लौटते हुए ले आता है, इसका दूसरा ही मतलब निकालती है.... हद है भाई..."

मुझे तो अपने भतीजे की शक्ल याद आ गयी—हाथ में उबला हुआ अंडा लेकर कैसे प्रणय निवेदन करता होगा...

हँसते-हँसते मुझे लगा कि अब मैं उबले हुए अंडे को दुनिया के किसी भी कोने में देखूँगी तो सहज नहीं रह पाऊँगी।

बड़की भाभी ने दुल्हिन को किसी और काम में लगा दिया। वह वहाँ से जाना नहीं चाहती थी, मन मार कर वहाँ से उठ कर गयी। देवता घर सजाने के काम में लगा दिया। उसके बाद बड़ी भाभी मुखातिब हुई। पूरी छानने का काम उनके हाथ में आ गया था। पीपरा वाली टाँग फैला कर भरवाँ मसाला बनाने लगी थीं। जोखन बहू को और चइला (जलावन) लाने के लिए आवाज़ लगाई नईकी चाची ने।

"हम न सुनायेंगे किस्सा, कोनो नया बात है का...कितना मज़ा आ रहा है सबको...चिरई के जान जाये, लइका के खिलौना। तुम लोग बहुत खुश हो रही हो...रोज़-रोज़ के काम से ऊबती नहीं हो का। रोज़ एक ही काम...हमारी उम्र हुई, हमको अब मुक्ति चाहिए..."

चूल्हे से आग की लपट बाहर तक आ रही थी। बड़की भाभी ने पानी का हल्का छींटा मारा। बाहर तक लपटें आना बन्द हुई।

मेरे अलावा उनकी बात का किसी पर असर नहीं पड़ा। सब एक-दूसरे की खिंचाई में लगी थीं। बीच-बीच में गाली गीत की दो लाइन गा लेतीं। पहली बार पिपरा वाली भाभी का नाम लेकर जैतपुर वाली ने गाली गाई.... "निशी, इम के चलइछअ, छिम के चलइछअ गाड़ी में...।" तब मुझे पता चला कि इनका नाम निशी है। कितना सुन्दर नाम। कभी किसी ने पुकारा नहीं था। मैंने पुकारा—"निशी भाभी..."

वे हँसी...''अब क्या पुकारती हो छोटकी ननदिया...गाली सुनने का मन है क्या...गाऊँ... ?''

मैंने हाथ जोड़ लिये।

वे पूरी बेलने में लग गयीं।

बड़की भाभी का चेहरा चूल्हे के ताप से भभक रहा था। बीच-बीच में आग मंद पड़ जाती तो फूकना उठा कर फूँकने लगतीं। फिर हाँफ जातीं। आग के लहकते ही चेहरा दमक उठता। आग और स्त्री का चेहरा कभी-कभी परस्पर जुड़े लगते हैं। आग लहकेगी तो चेहरा दमकेगा। मैं उठ के बड़की भाभी के पास बैठ गयी।

''लाइए...मैं पूरी छानती हूँ...आप डालते जाइए...'' मेरे आग्रह के बावजूद भाभी ने मुझे काम नहीं दिया। निर्विकार भाव से करती रहीं, मानो अपनी ड्यूटी निभाता हो कोई।

जैतपुर वाली धीरे-धीरे कोई गीत गा रही थीं। बाकी भी सुर मिला रही थीं। बड़की भाभी ने धीरे से मेरे कान के पास कहा—''आप अकेली कैसे रह पायीं बउआ? एकान्त तो दुश्मन होता है औरत का।''

मन हुआ अपना रेडीमेड जवाब सुना दूँ जो अक्सर मैं ऐसा सवाल पूछने वालों को बौखला कर देती हूँ...''मुझे जिसको अपनी देह नहीं छूने देना था, उसे तलाक दे दी। जिसके साथ सोने का मन था, वह मिला नहीं।''

मगर मैं भाभी से यह सब नहीं कह पायी। उनके चेहरे पर मेरे लिए मिले-जुले भाव उभर रहे थे जिन्हें मैं पकड़ नहीं पा रही थी।

''आपकी ज़िन्दगी बहुत अच्छी है बउआ...''

''हाँ, मैं उन औरतों से बेहतर हूँ जो एक पति का लेबल माथे पर लगा कर छत्तीस के साथ सोती हैं।''

''आप उन औरतों से भी बेहतर हैं जो एक ही आदमी का आतंक सारा जीवन झेलती हैं...'' भाभी मुस्कुराईं।

जैतपुर वाली आँख मारते हुए बीच में बोल पड़ी, ''घी और आग साथ-साथ रहेंगे तो पिघलना घी को ही पड़ेगा ना। बड़ी दीदी का घी ज़्यादा ही पिघल-पिघल कर बह रहा है...पानी का छींटा मारने से क्या होगा...''

मुझे घी और आग वाली बात पर हँसी आ गयी।

"अब मुझे बहुत शर्म आती है। इच्छा भी नहीं होती। बहू घर में आ गयी है। उनको शर्म तो आती नहीं, बहू के सामने से भी खींच ले जाते हैं... हम लाज से मरे जा रहे हैं..."

मैं अकबका गयी। बातचीत ने कोई और मोड़ ले लिया था।

भाभी ऐसी बातें शेयर करेंगी, सोच भी नहीं सकती थी। वे मेरी ज़िन्दगी जानती थीं कि कितनी पुरुषविहीन है। मैं बर्फघर में रहती हूँ जिसे मैंने चुना है। ज़िन्दगी के चालीस साल निकल गये, मेरी ख्वाहिशों के सुरंग से। यहाँ आ कर थोड़ी गरमाई लौटी थी जीवन में। लेकिन बड़की भाभी क्या कह रही हैं। मेरा माथा घूम गया। अभी तो सब कुछ इतना हसीन चल रहा था। सबके पास अपने-अपने रति के किस्से थे। गोपन कुछ नहीं रहा।

भाभी ने पूरियाँ केले के पत्ते पर फेंकीं और कच्ची पूरियाँ डालीं कड़ाही में।

"तेल खत्म होने तक पूरियाँ तली जाती रहेंगी...मन कर रहा, तेल ही फेंक दूँ...न रहेगा तेल न तलने का झंझट..."

मैं चुप थी। उनके चेहरे की तरफ़ देख रही थी।

"आप मेरा एक काम करेंगी बउआ... ?"

मेरी आँखों के सवाल भयातुर हो उठे।

"दिल्ली जायेंगी न, तब नामर्दी की दवा हमको भेज दीजिएगा। यहाँ हम इंतज़ाम नहीं कर पायेंगे। आपका भैया अभी ही हर दवाई को संदेह से देखते हैं, मुझे ऐसी दवा भिजवाइए जिसे खाने में मिला कर दे दूँ...बहुत गिज्जन हो गया, मेरी देह को अब आराम चाहिए...।"

मैं झटके से उठ खड़ी हुई। बड़की भाभी अभी भी पूरियाँ तलने में ऊबाऊ ढंग से लगी हुई थीं। जैतपुर वाली ने मेरा दामन पकड़ा—"थोड़ा ज़्यादा ही भिजवाइएगा...हम सब बाँट लेंगे, सबके काम आ जायेगा..."

थोड़ी देर सन्नाटे के बाद जैतपुर वाली ने गीत शुरू किया...फिर उसमें सबकी आवाज़ें मिल गयी थीं...बाहर से खाँसी का कोरस बन्द हो गया था।

"सब रे पुरुष लोगे
एके लेखा खोटे रामा

बुढ़ियों में हरिया के नित ही
खसोटे रामा...
देहरि के भीतरी कलपते बितउली रामा
धरती से भारी तन
मनवा के चोटे रामा...''

❑❑❑

राजपाल एण्ड सन्ज़ की स्थापना एक शताब्दी पूर्व 1912 में लाहौर में हुई थी। आरम्भिक दिनों में अधिकतर धार्मिक, सामाजिक और देश-प्रेम की पुस्तकें प्रकाशित होती थीं और हिन्दी के अतिरिक्त अंग्रेज़ी, उर्दू व पंजाबी भाषा में भी पुस्तकें प्रकाशित की जाती थीं।

1947 में भारत-विभाजन के बाद राजपाल एण्ड सन्ज़ को नए सिरे से दिल्ली में स्थापित किया गया और साहित्यिक पुस्तकों के प्रकाशन का आरम्भ हुआ। रामधारी सिंह दिनकर, महादेवी वर्मा, बच्चन, अज्ञेय, शिवानी, आचार्य चतुरसेन, विष्णु प्रभाकर, राजेन्द्र यादव, मोहन राकेश, रांगेय राघव, कमलेश्वर और अन्य साहित्यिक लेखकों की कृतियाँ यहाँ से प्रकाशित होने लगीं। राजपाल एण्ड सन्ज़ से प्रकाशित *मधुशाला, कुरुक्षेत्र, मानस का हंस, आवारा मसीहा, कितने पाकिस्तान, आषाढ़ का एक दिन* जैसी पुस्तकें हिन्दी साहित्य की 'क्लासिक पुस्तकें' मानी जाती हैं और आज भी लोकप्रियता के शिखर पर हैं। भारत के राष्ट्रपतियों और प्रधानमंत्रियों की पुस्तकें प्रकाशित करने का गौरव भी राजपाल एण्ड सन्ज़ को प्राप्त है। नोबेल पुरस्कार से सम्मानित अर्थशास्त्री डॉ. अमर्त्य सेन की सभी पुस्तकों के हिन्दी अनुवाद यहाँ से प्रकाशित हैं। अन्तरराष्ट्रीय चर्चित पुस्तकों के अनुवाद, विश्वविख्यात कोशकार डॉ. हरदेव बाहरी द्वारा सम्पादित 'राजपाल' शब्दकोशों की शृंखला और किशोरों के लिए सैकड़ों पुस्तकें राजपाल एण्ड सन्ज़ से प्रकाशित हुई हैं।

पाठकों के स्वस्थ और सुरुचिपूर्ण मनोरंजन और ज्ञानवर्धन के लिए समर्पित राजपाल एण्ड सन्ज़ से हिन्दी और अंग्रेज़ी में पुस्तकें प्रकाशित होती हैं जो देश के सभी बड़े पुस्तक-विक्रेताओं और विश्व भर के ऑनलाइन विक्रेताओं के यहाँ उपलब्ध हैं।

राजपाल एण्ड सन्ज़

1590 मदरसा रोड, कश्मीरी गेट, दिल्ली-6, फोन: 011-23869812, 23865483
email: sales@rajpalpublishing.com, facebook: facebook.com/rajpalandsons
website: www.rajpalpublishing.com